FUSION FANTASTIC STORY

탁목조 장편소설

천공기

穿孔機

천공기 3

탁목조 장편소설

초판 1쇄 찍은 날 § 2015년 10월 12일
초판 1쇄 펴낸 날 § 2015년 10월 19일

지은이 § 탁목조
펴낸이 § 서경석

편집책임 § 이재림

펴낸곳 § 도서출판 청어람
등록번호 § 제387-1999-000006호
등록일자 § 1999. 5. 31
어람번호 § 제1-2255호

주소 § 경기도 부천시 원미구 부일로 483번길 40 서경B/D 3F (우) 14640
전화 § 032-656-4452 팩스 § 032-656-4453
http://www.chungeoram.com
E-mail § chungeorambook@daum.net

ⓒ 탁목조, 2015

ISBN 979-11-04-90454-7 04810
ISBN 979-11-04-90408-0 (세트)

FUSION FANTASTIC STORY

탁목조 장편소설

천공기

穿孔機

도서출판

천공기

穿孔機

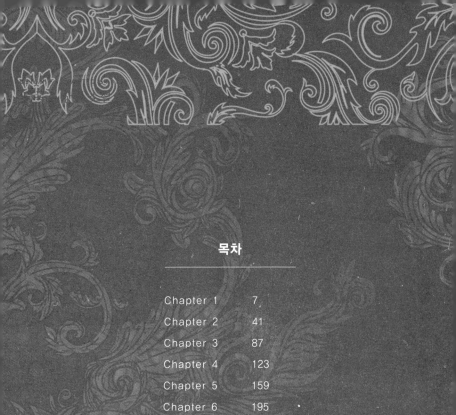

목차

Chapter 1

이면공간에 미래 길드의 집을 짓다

"정말로 포레스타 종족이 없어졌네?"

"그러게, 천공 길드가 트라딧이 된 후로 여기는 제대로 신경을 못 썼는데, 그 사이에 포레스타 종족이 이사를 간 모양이네."

"세현이, 넌 그들이 어디로 갔을 거라고 생각하냐?"

"그거야 여기와 연결된 이면공간을 통해서 이동을 했겠지."

"설마 모든 이면공간 주민이 이면공간 통행증을 가지고 있단 말이야?"

재한이 세현의 말이 깜짝 놀란 표정으로 물었다.

"어? 생각해 보니 그건 아닌데? 돌비틀 종족은 이면공간 통행증이 있는 사람도 있고, 아닌 사람도 있었거든. 그것도 종족의 어른들이 관리를 하고 있었지."

"그럼 포레스타 종족도 그렇지 않았을까? 그런데 마을 전체가 다른 곳으로 옮겨 간 건 좀 이상하잖아."

재한은 포레스타 종족이 마을 전체가 이동을 한 것을 두고 호기심이 발동한 모양이었다.

"아, 그리고 보니 포레스타 종족은 다른 종족과 좀 달랐지?"

세현이 마침 기억이 나는 것이 있어서 말했다.

"아, 나도 기억나. 포레스타 종족은 마을을 따로 숨겨 두는 능력이 있었어. 그것도 따지고 보면 작은 이면공간을 만드는 능력과 비슷한 거 아니었을까?"

나비가 세현이 기억해 낸 것이 뭔지 알겠다는 표정으로 말했다.

"도대체 무슨 말을 하는 거야? 나도 좀 같이 알자."

한종국이 답답하다는 듯이 나비를 보며 말했고, 나비는 살짝 한숨을 쉬고 이전에 경험했던 이야기를 풀어놓았다.

"그런데 혹시 여기에 포레스타 마을이 아직도 숨어 있는 것은 아닐까?"

재한이 문득 혹시 하는 표정으로 물었다.

세현은 재한의 물음에 한 방 맞은 표정으로 주변을 살폈다.

그들이 있는 곳은 드리스의 초대로 포레스타 마을로 들어갔던 그 공터였다.

하지만 드리스나 다른 포레스타 종족이 모습을 보이지 않는다고 해서 이곳에 포레스타 종족의 마을이 없다는 확신은 할 수가 없었다.

그저 드리스가 이사를 가겠다고 했고, 여기에 세현 일행이 와서 제법 시간을 보냈지만 포레스타 종족이 나타나지 않아서 그들이 없다고 생각한 것뿐이다.

"설마, 그건 아니겠지."

세현은 자신감 없는 목소리로 말했다.

"어이, 거기 누구 있어? 포레스타아!! 있냐아!"

나비의 설명을 듣던 한종국이 커다랗게 고함을 지른 것은 바로 그때였다.

재한와 세현이 놀란 표정으로 종국을 바라봤다.

"왜? 있는지 없는지 확인을 하려면 이렇게 하면 되는 거 아냐? 혹시 여기 있는데도 나타나지 않는 거라면, 그것도 상관없잖아. 여길 차지한다고 해도 포레스타인지 하는 종족이 숨어 있어서 몰랐던 거라고 하면 되는 거 아냐?"

"하긴, 종국 아저씨 말도 틀린 건 아니지. 우리가 할 수 있는 것만 하고, 그 다음에 문제가 생기는 것은 그때 해결을 하자고. 여기서 포레스타 종족이 있는지 없는지 확인을 하고, 끝까지 나타나지 않으면 우리끼린 없는 걸로 생각하고 일을 진행하면 되잖아."

"맞아. 여길 구하느라고 비용도 제법 많이 들었다고. 포기하면 손해가 커."

나비가 재한의 말에 맞장구를 치며 힘을 실어주었다.

원래 이 이면공간은 천공 길드의 에테르 연구소가 있던 곳이었는데, 배반의 크리스마스 사태 이후 국가 에테르 기관으로 이름을 바꾸고 관리하고 있었다.

그나마 다행스럽게 실제로 진행되는 연구는 거의 없어서 세현이 그곳 연구소 부지를 구입하고 싶다고 했을 때, 약간의 웃돈을 주고 구입할 수 있었다.

물론 그 과정에서 태극 길드 마스터의 보이지 않는 도움이 있었던 것은 세현도 알고 있었다.

그 때문에 세현은 태극 길드 마스터에게 약간의 빚을 지게 되었는데, 언젠가 기회가 되면 깔끔하게 갚아주겠다는 생각을 하고 있었다.

"아주 힘들어 죽겠네. 겨우 60리터 여유 공간으로 현실에서 물자를 옮기는 것이 가능하기는 하네, 허이구."

재한이 제 어깨를 툭툭 두드리는 시늉을 하며 엄살을 피웠다.

그러면서도 번듯하게 지어진 집을 보며 뿌듯한 표정을 감추지 못했다.

현실의 일반 가정집처럼 생긴 건물은 이면공간에 안에 있다는 것이 비현실적으로 보이는 건물이었다.

"이곳이 미래 길드의 길드 하우스 겸 미래 세상의 초석이 될 건물이야."

세현 역시 감회에 젖은 눈빛으로 건물을 보고 있었다.

세현과 재한, 나비와 종국이 하루도 쉬지 않고 천공기 주얼을 충전하면서 이면공간과 현실을 오가며 재료를 공수해서 완성한 건물이었다.

이제부터 세현은 대부분의 시간을 이면공간에서 보내기로 결심했다.

하지만 그보다는 이후에 길드원을 받을 때 이면공간에 그럴 듯한 건물이 있다는 것은 큰 장점이 될 거라고 생각했다.

그래서 무리가 되는 것을 알면서 네 사람이 고생을 해가면서 이면공간 안에 건물을 지었던 것이다.

건물의 위치는 포레스타 종족의 마을로 들어가는 공터 자리 였다.

혹시라도 포레스타 종족이 떠나지 않고 숨어 있는 거라면 공 터에 건물을 짓고 일을 벌이는 모습을 보여줘서 나중에 말이 나 오지 않게 하려는 것이었다.

"자, 집들이하자."

세현이 길드 하우스의 문을 열고 들어가며 말했다.

그동안 몇 번의 논의를 거쳐서 세현이 미래 길드의 마스터가 되기로 했기에 그가 앞장서는 것이 당연한 일이었다.

다만 재한과 나비, 종국은 길드의 고문이란 특별한 위치에 있 으면서 도움을 주기로 했다.

세현은 이제 길드의 고문이 된 세 사람과 함께 길드 하우스

집들이를 하고 곧바로 자신이 앞으로 발전시킬 이면공간을 차근차근 둘러보기 시작했다.

노란색 등급의 이면공간.

세현은 시작이 나쁘지 않다고 생각했다.

빨간색 등급에서 성장을 시키는 것에 비한다면 얼마나 좋은 출발인가.

"이곳의 에테르 코어를 찾을 수 있겠어?"

세현이 머리 위에 올라앉은 '팥쥐'에게 물었다.

이곳에서는 아직까지 코어 몬스터가 등장하지 않았다고 했다.

돌비틀 종족의 어른들에게 들은 바에 의하면 코어 몬스터는 그 이면공간의 에테르가 과도하게 축적되고 몬스터들의 밀도가 한계에 가까워질 때 등장한다고 했다.

즉 코어 몬스터가 존재한다는 것은 그 이면공간이 에테르 기반 생명체에게 점령이 되었다는 것을 의미한다는 말이다.

이면공간의 주민들은 몬스터를 에테르 기반 생명체라고 부르기도 하는데, 몬스터들의 생명 기반이 에테르기 때문이라고 했다.

[음. 노력함. 나는 더 굉장하고 대단해졌지만, 아직 모자라. 그래도 찾을 수는 있어. 음음. 대신 세현의 노력이 필요해.]

"이면공간을 유지하는 에테르 코어를 찾는 것이 쉽지 않은 모양이지? 탐색 범위가 좁아?"

［음음. 정답! 음!］

"그럼 일단 외곽부터 돌아볼 테니까 잘 찾아 봐. 빼먹는 곳 없이."

［음! 알았어. 할 수 있어!］

"그래, 고맙다. 너 아니었으면 이런 계획 자체가 불가능하지. 이면공간의 코어를 찾아서 관리하지 못하면 무슨 소용이 있겠어? 안 그래?"

［음음! 도움이 되는 거야. 크게! 역시 나는 굉장하고 대단해!］

"그래, 그럼 시작하자."

세현은 '꿀쥐'와 함께 이면공간 탐색에 나섰다.

하지만 세현과 '꿀쥐'는 찾고자 했던 코어 대신에 사람을 찾아내고 말았다.

'꿀쥐'가 이면공간을 유지하는 코어를 찾기 위해서 자신의 기운을 주변에 거미줄처럼 깔았는데, 그 탐색에 사람이 걸려버린 것이다.

［음! 사람. 이종족. 몬스터 아닌데?］

햄스터 모양의 '꿀쥐'가 그 짧은 팔로 한쪽 방향을 가리키며 그렇게 말을 했을 때, 세현은 혹시라도 포레스타 종족이 아닐까 기대했다.

하지만 막상 세현이 그 이종족이 있는 곳에 가까이 갔을 때, 세현은 그가 포레스타 종족은 절대 아니란 사실을 알 수 있었다.

자신이 세현에게 들켰다는 것을 알아차렸는지 그 이종족은 강력한 기세를 뿜고 있었다.

포레스타 종족은 온유한 종족이라 이렇게 도발적인 기세를 뿜으며 상대를 자극하지 않는다는 것을 세현을 알고 있었다.

"거기 누구지? 모습을 드러내라."

세현은 자신도 에테르를 끌어 올려 기세를 뿜아 올리며 숲의 음영으로 얼룩덜룩한 부분을 노려보았다.

"상관하지 마라. 네 갈 길을 가라."

하지만 돌아오는 것은 여전히 몸을 감춘 상태에서 던지는 투박한 의사 표현이었다.

"이곳 이면공간은 나와 우리 길드가 경영하기로 했다. 알고 있는지 모르지만 이면공간을 경영하는 이들은 그 이면공간의 주인이 된다. 그러니 너는 우리의 영역에 무단으로 들어온 침입자나 마찬가지다."

"웃기는 소리다. 내가 너희보다 먼저 왔다. 너희가 늦게 온 거다. 나는 너희가 흙을 다져 기반을 세우고 건물을 짓는 것도 지켜봤다."

목소리는 세현의 주장을 받아들일 생각이 없다는 듯이 항의했다.

"정말로 네가 먼저 왔을 수도 있겠군. 그건 인정한다. 하지만 우리가 이곳 이면공간을 차지하기로 결정하고 경영하기로 했을 때, 너는 이의를 제기하지 않았다. 우리가 무엇을 하는지 알면서도 방관한 것은 네 책임이다. 일이 이만큼 진행된 후에 네가 우선권을 주장하는 것은 이치에 맞지 않다."

세현은 말을 하면서도 쓴웃음이 나왔다.

지금 그가 하는 말은 혹시라도 포레스타 종족이 세현에게 따질 경우를 위해서 준비한 것이었다.

그런데 전혀 예상치 못한 누군가에게 그것을 쓰게 되니 웃음이 났다.

"……"

세현의 주장에 마땅히 반박할 말을 찾지 못했는지 상대에게서 반응이 돌아오지 않았다.

세현은 조금씩 상대의 기세가 줄어드는 것을 느꼈다.

"우리가 서로 싸울 이유가 있나? 이면공간의 주민이라면 우리들, 천공기사는 어떤 위해도 가할 수가 없다. 물론 그것도 우리의 정당한 권리를 침해하지 않는다는 전제를 만족할 때의 문제지만 어쨌건 우리는 이면공간의 주민에게 해코지를 하지 못한다. 그러니 나와서 서로 얼굴을 마주보며 이야기하자."

세현이 부드러운 어조로 상대를 설득했다.

스르륵 스륵!

"이곳의 주민이 아니란 말이지?"

"그러고 보니 이쪽 근처에 새로 지구라는 곳에서 진입자들이 생겼다는 소리가 있었지. 깜빡했다."

"괜히 긴장했잖아."

"어? 세, 세쌍둥이?"

세현은 깜짝 놀랐다.

그와 '팥쥐'가 느꼈던 상대는 하나였다.

그런데 지금 세현을 포위하듯 양쪽에서 나타난 둘은 마치 허공에서 솟구치듯이 나타났다.

"우린 쌍둥이가 아니다."

"우린 하나가 여럿이다."

"맞다. 하나에서 전체가 나온다."

하지만 그들은 세현의 말이 기분 나쁘다는 듯이 곧바로 반박을 해왔다.

잿빛 머리카락에 황달에 걸린 듯이 누런 얼굴을 지닌 그는 특별히 지구의 인간과 다른 신체적인 차이는 없어 보였다.

"반갑다. 나는 세현이라고 한다. 지구 출신이고 여기 이면공간을 경영하는 미래 길드의 마스터다."

"그렇게 강조하지 않아도 여기가 네가 차지한 곳이란 건 알아들었어."

"그래 맞아. 여기 너 해라."

"어쩔 수 없지. 우린 이면공간을 경영할 수가 없으니까. 쳇!"

세현의 말에 세 명의 이종족은 이면공간에 대한 권리를 쉽게 포기해 버렸다.

"하지만 우린 여기서 살아야 한다."

"그래. 우릴 내쫓을 수는 없다."

"우릴 가만히 둬!"

"내가 경영하는 곳에서 너희를 추방하는 것은 내 권리라고 할 수 있어. 하지만 너희가 우리에게 방해가 되지 않는다면 이 곳에 머무를 것을 허락하겠다."

"우린 방해가 될지 않아."

"수가 많아져도 걱정 없어."

"당연하지 우린 하나가 여럿이야."

세현의 말에 쌍둥이들은 이해하기 어려운 말을 다시 늘어놓았다.

하지만 한 가지는 걸리는 말이 있었다.

"수가 많아지다니? 그건 또 무슨 소리야?"

세현은 수가 많아진다는 말을 쉽게 넘어가기 어려웠다.

"음? 걱정하지 말라니까. 수가 많아져도 걱정할 필요 없어. 보여줄까?"

"보여줄게."

"자, 봐봐."

세현의 말에 셋은 그렇게 말을 하더니 일순간 가운데 있는 몸으로 합쳐졌다.

"뭐? 뭐야?"

새로운 동료를 맞이하다

"도대체 어떻게 된 거지? 분신술인가?"

세현이 이제는 한 명이 된 쌍둥이에게 물었다.

"말했던 그대로다. 우리는 하나가 여럿이고, 여럿이 하나, 하나에서 전체가 나온다."

"무슨 귀신 씻나락 까먹는 소리야, 그게?"

"하긴, 우리 종족의 특성을 쉽게 이해할 거라고 생각하진 않았다. 우리 종족에 대해서 설명을 해주마. 우리는……."

자신을 온스 종족이라고 소개한 그의 이름은 호올이라고 했다.

온스 종족은 수많은 이종족 중에서도 아주 특별한 특징을 지니고 있는 종족으로, 짝을 이루기 전까지는 홀로 살다가 짝을 이루고 나면 평생을 둘이서 사는 종족이었다.

그리고 결혼한 온스 종족은 아이를 한 명만 낳는데, 그 아이는 성인이 되면 독립을 하고 이후에 하나가 여럿이 되는 과정을 거친다.

온스 종족만의 특별함.

하나가 여럿이 되는 것은 한 명의 온스 종족이 자신을 열 명의 자신으로 분열시키는 과정을 말한다.

일종의 수련이라고 할 수 있는데, 열 명의 자신을 만들어 내면 그로서 온스의 온전한 일원으로 인정을 받을 수 있다.

그러나 같은 사람 열 명이 한곳에 존재하는 것은 엄청나게 위험한 일이다.

일종의 동족 혐오나 자기혐오가 생겨서 서로 죽고 죽이는 사태가 벌어질 수도 있기 때문이다.

실제로 열 명의 자신을 만들어 내는 것이 완전한 온스가 되는 수련인 이유가 거기에 있었다.

열 명의 자신을 만들 때까지 스스로의 몸과 정신을 지킬 수 있느냐의 시험인 것이다.

호올은 바로 그 과정에 있는 온스였다.

지금까지 세 명의 자신을 만들었고, 앞으로 계속 수련을 해서 열 명의 자신을 만드는 것이 목표였다.

그리고 재미있는 것은 그렇게 열 명의 자신을 만들면 이면공간을 여행하며 온스 족의 여성을 찾아서 짝을 이룬다는 것이다.

그것도 한 명에 하나씩, 열 명의 여성을 만나서 짝을 이루기 때문에 완전한 온스 남성 한 명은 열 쌍의 온스 가정을 이루게 된다.

물론 그것은 온스 여성 역시 같은 과정을 거친다.

그래서 온스 남성 하나와 여성 하나가 결국 열 쌍의 온스 부부가 된다는 소리다.

물론 온스 남성이 결혼하는 온스의 여성은 같은 여성일 수도 있고, 아닐 수도 있다.

서로 만났을 때, 몇 번이나 분열을 했느냐에 따라서 동일한 여성과 몇 번의 결혼을 할 수도 있다는 소리다.

예를 들어 한 번도 분열을 하지 않은 남성과 여성이 만났다면 꼭 같은 열 쌍이 탄생한다는 소리다.

특이한 것은 이들 온스 종족은 미혼의 남녀가 만나면 앞뒤를 재거나 따지지 않고 맺어진다는 사실이다.

워낙 만나기 어려운 종족이라 그걸 당연하게 여긴다고 했다.

하지만 결혼한 후 남녀 모두 분열을 한다면, 나누어진 자신들은 다시 마주쳐서는 안 된다는 것이 또한 온스 종족의 불문율이었다.

다시 마주치는 경우 둘이 서로가 본체라는 생각으로 서로를 죽이려 들기 때문이라고 했다.

"재미있네? 그럼 앞으로 일곱 명을 더 만들어야 한다는 거네?"

"맞다. 그래서 수련을 하고 있었다."

"그 수련이란 것이 어떤 거야? 에테르를 늘리는 건가? 아니면 정신 수양을 하는 건가?"

"그 모두를 포함한다. 또 다른 내가 약해선 안 되니까 에테르의 양도 늘려야 하고 여러 정신이 한꺼번에 활발한 활동을 해도 정신을 굳건히 지킬 수 있도록 그쪽도 신경을 쓴다."

"열 명이나 되는 자신에게 에테르를 나누려면 엄청난 에테르가 필요한 거 아냐? 다른 이들의 열 배나 되는 에테르가 필요한 거잖아."

세현은 믿기 어려운 말에 혀를 내둘렀다.

"그건 좀 다르다. 우리 온스 종족은 한꺼번에 사용하지만 에테르 서클을 여럿 만드는 비법이 있다."

"멋지군. 그거 나도 배울 수 있나?"

세현은 농담처럼 물었다.

"불가능하다. 우리 온스만이 가능한 것이다."

"하하. 그래, 그럴 줄 알았다. 그런데 수련이라면 특별히 도울 거라도 있나?"

"없다. 아니, 있다. 없지만 있다."

"어휴, 넌 무슨 말을 그렇게 하냐? 도무지 앞뒤가 안 맞잖아! 그래서 있다는 거지?"

"그렇기도 하지만, 아니기도 하다. 나, 우리는 받기만 하고 주지 않지는 않는다."

"그러니까 뭐야? 서로 이익이 되는 뭔가가 있어야 한다는 소리냐?"

"그런 거다. 나는 많은 경험이 필요하지만 어떤 일을 스스로 벌이기엔 시간이 부족하다. 하루하루 수련에 힘써야 한다."

"그래서 뭐? 네가 경험을 쌓을 수 있는 어떤 일을 만들면 거기에 함께하겠다는 거야?"

"정확하게는 내가 너의 일을 도울 수 있다는 거다. 내 수련이 끝날 때까지 함께하면서."

"그건 일방적으로 나와 미래 길드에 유리한 거 아닌가?"

세현은 호올의 제안을 듣고 그런 생각이 들었다.

그는 수련에만 힘쓰다가 세현이 벌이는 일에 도움이 필요하면 도와주겠다는 소리가 아닌가.

 필요할 때, 써먹을 수 있는 좋은 일꾼이 제 발로 찾아온 것이나 다름이 없어 보였다.

 "내 수련에 도움을 준다고 생각하면 된다. 우리 온스 종족은 수련 중에 극도로 조심해야 한다. 많은 것을 경험하고 배워야 하지만, 또 그러면서 육체적, 정신적 안정이 필요하다. 그래서 될 수 있으면 복잡한 생각을 피하려 한다."

 "그럼 아예 홀로 생활하며 수련하는 쪽이 좋지 않나?"

 "대부분의 온스 종족은 그렇게 해서 하나가 아홉이 되는 경지까지 간다. 하지만 그 후에 세상을 처음부터 다시 배워야 한다. 그런데 그것이 더 힘들다. 아홉으로 나누어진 자신을 컨트롤하며 세상을 경험하는 것은 무척 힘든 일이다."

 "그래서 호올 너는 지금부터 세상에 적응하며 배우겠다는 거냐? 우리 미래 길드와 함께?"

 "그렇다. 더구나 너는 이곳을 경영하겠다고 했다. 그렇다면 언젠가 이곳도 파란색이나 남색 등급까지 성장을 하게 되겠지. 그런 성장을 보는 것도 내게는 무척 좋은 공부가 될 것이고, 내가 완성되어 짝을 이루면 그중에 하나는 이곳에서 정착을 할 수도 있을 것이다."

 "가치는 주고받는 이에 따라서 달라지는 것이겠지. 내게는 작은 것이 너에겐 크고, 너에게 하찮은 것이 우리에겐 큰 가치가 있고. 뭐 그런 거겠지. 좋다, 받아들이지. 다만 아직 완전히 결정한 것은 아니다. 동료의 의견도 물어야 하고, 너를 믿을 수 있게 될 때까지 시간도 필요하니까."

"당연하다. 우린 오늘 처음 만났다. 나는 너를 전부터 봤지만, 그렇다고 내가 너를 잘 아는 것은 아니지. 그러니 시간을 두고 서로를 알아갈 필요는 분명히 있다."

세현과 호올은 일단 그렇게 합의를 봤다.

세현으로선 온스의 호올이란 존재를 당장에 온전히 믿기가 어려웠다.

사실은 세현이나 호올, 둘 모두 같은 입장일 것이다.

다만 세현은 호올이 의외의 제안을 했다는 것에서 뭔가 숨기는 것이 있지 않을까 하는 의심을 하고 있었는데, 그가 나타난 시점이 미묘한 때인 이유도 있었다.

이면공간을 경영하겠다고 결심한 상황에서 불쑥 나타난 이종족.

그가 뜬금없이 머슴살이를 자처한 것은 어떻게 봐도 의심스러운 상황이었던 것이다.

"온스? 난 들어본 적이 없는데?"

"나도 없어."

한종국과 나비가 고개를 저었다.

"음, 어디선가 들었던 기억이 있어. 천공 길드의 자료실에서 스치듯 지나간 내용이었는데 세현이, 네가 이야기한 것과 비슷한 내용이었던 것 같다."

"그러니까 호올이 정말로 온스 종족이라면 그가 말한 것이 사실이란 소리냐?"

세현이 재한에게 물었다.

"뭐, 그렇지. 다른 내용은 잘 기억이 안 나는데 그들의 특별한 번식 방법은 기억하고 있다. 결혼해서 나은 아이가 하나라면 결국 그 종족은 언젠간 멸족하게 되거든. 그런데 그 아이가 시험을 거쳐서 성공하면 열 명의 아이를 낳은 꼴이잖아. 결국 한 명의 온스 종족은 다섯 명의 아이를 낳는 것과 같지."

"어? 왜 다섯이야? 열 명 아냐?"

종국이 불쑥 물었다.

"아휴, 정말 애는 혼자 낳아? 여자가 있어야 할 거 아냐. 남녀가 만나서 아이 하나만 낳으니까 결국 짝을 이뤄서 하나를 낳았다는 거잖아. 둘이 하나 낳아서 그 하나가 열이 되면 각자 다섯씩 불린 거지 뭐."

"음, 그런가?"

종국이 어수룩한 표정을 지으며 머리를 긁었다.

종국은 냉철하게 자신의 이익을 챙기는 사람이었다.

세현은 그런 그가 나비와 함께 있으면서 많이도 바뀌었다고 생각했다.

"그래서 일단은 호올과 함께 주변 이면공간을 둘러볼 생각이야. 지금 당장 이곳 이면공간과 연결된 이면공간이 얼마나 있는지도 제대로 확인을 못했으니까 말이야."

"그렇군. 그런데 그건 어떻게 했어? 이면공간 에테르 코어."

재한이 탐색 결과를 물었다.

"당연히 찾았지. 내가 그랬잖아. 찾을 수 있다고."

"우와, 정말? 믿고는 있었지만 그래도 놀랍긴 마찬가지네. 이전에 모두들 이면공간에서 에테르 코어를 찾기 위해서 그렇게들 애를 썼어도 성공하지 못했는데, 세현, 너는 그걸……"

"내가 그걸 못 하면 이면공간을 경영해서 성장시키겠다는 소린 못했겠지. 당장 여기 이곳의 코어를 알지도 못하면서 어떻게 성장을 시키겠냐?"

"그래도 대단하지. 그럼 만약에 그 코어를 어떻게 하면 이 이면공간을 사라지게 할 수도 있는 거냐?"

재한이 세현을 보며 물었다.

"그렇겠지. 하지만 아마 불가능할 거야."

"어? 왜?"

"일종의 보호를 받는 것 같아. 그러니까 이면공간 중에서 코어라 보호를 받는 곳과 그렇지 않은 곳이 있다는, 뭐 그런 느낌이야. 아무 이면공간의 코어나 뽑아내면 안 된다는 거지. 아마도 이종족들에게 해를 끼치는 것보다 더 강한 처벌을 받지 않을까 싶어."

"야, 그건 무서운데? 이종족을 해치는 것보다 더 강한 처벌이라니, 으드드. 소름 돋는다."

재한이 엄살을 피웠다.

"그런데 그 코어는 어디에 있는 거야? 구경할 수 있어?"

나비가 세현에게 물었다.

"음, 그건 나비, 너한테 달렸지. 코어를 찾아서 느끼고 확인하는 건 물리적인 것이 아니거든."

"거 뭐시냐 물리적인 것이 아니라면, 설마 무슨 깨달음 같은 것이 필요하단 말인가?"

한종국이 인상을 찌푸리며 말했다.

그의 얼굴에선 귀찮은 것은 싫다는 기색이 역력했다.

"아무튼 코어가 있는 곳까지는 안내할 수 있는데, 그 이상은 알아서들 해봐. 그리고 며칠 후부터 호올과 함께 이곳 미래 필드와 연결된 이면공간들을 찾아서 확인할 거야."

"둘이 함께 간다는 거야? 그러다가 입구가 막히거나 혹은 없어져서 못 돌아오게 되면 어쩌려고?"

나비가 걱정스런 표정으로 물었다.

"알잖아. 난 비상수단이 있으니까 어떻게든 돌아올 수 있어. 그리고 호올의 경우엔 뭐, 헤어지게 되면 어쩔 수 없겠지. 그 정도 각오는 호올도 하고 있을 테고 말이야. 그리고 그가 우리보단 이면공간에 대해서 더 잘 알지 않겠어?"

"그건 그런데 온스 종족 생각하니까 무섭네."

재한이 문득 소름이 돋는다는 듯이 팔을 쓰다듬며 말했다.

"뭐가?"

"지금 호올이 세 명이 될 수 있다고 했잖아. 그리고 그 개인 능력의 차이가 없다고 했고."

재한이 확인하듯 세현을 보며 말했다.

"온스 종족에 대해서 본 기억이 있다며? 그런데 뭘 물어?"

"안다고 언제나 그것을 인식하고 있는 것은 아니지. 지금 막 호올의 이야기를 들으니까 그 혼자서 세 명 분의 일을 할 수 있다는 거잖아. 그거다가 경지가 오르면 열 명까지 될 수 있다는 거고 말이지. 세현, 너는 그런 놈과 싸우면 이길 수 있겠냐?"

세현은 재한의 말에 대답을 하지 않았다.

둘이 비슷한 경지에 있다면 절대로 온스 종족을 이길 수 없을 거란 확신이 들었기 때문이다.

"함께 다녀보면 더 많은 것을 알게 되겠지. 그리고 만약 그가 말한 것이 정말이라면 우린 좋은 전력을 얻게 되는 거니까, 그것도 나쁘진 않은 거고."

세현은 그렇게 말하곤 자신이 이면공간에서 활동을 하는 동안 현실에서 재한 등이 할 일에 대해서 의논하기 시작했다.

미래 필드의 주변 이면공간 탐험

"알고 있겠지만 처음 이면공간 경영을 시작하면 제일 먼저 해야 하는 일이 코어의 확보야."

"그래, 그건 당연히 완료했겠지?"

호올이 뒤를 따라 걷다가 세현의 말에 당연하다는 듯이 물었다.

"그래, 확인했지."

"확보했다고 하지 않고 확인했다고 하는 것을 보니 정말인 모양이군."

"호올, 너도 코어에 대해서 아는 모양이지?"

"코어가 통제되는 것과 그렇지 못한 것이 있다는 것은 알고 있어. 통제되는 코어, 즉 그 코어가 유지하는 이면공간은 사실상 거대한 법칙의 지배하에서 움직이지. 그리고 통제되지 않는 공간은 지속적으로 토벌이 이루어지고 있는 거야."

"그런데도 계속해서 통제되지 않는 이면공간이 늘어나는 모양이지?"

"그거야 뭐, 통제되는 이면공간이 성장하고 늘어나는 것처럼 통제되지 않는 이면공간도 그런 거지. 두 힘은 오래도록 대립하고 또 균형을 유지해 온 거야. 내가 알기론 그래."

"아, 저기 하나 있다."

호올과 이야기를 하는 중에도 세현은 주변을 살피기를 멈추지 않았고, 결국 다른 이면공간으로 넘어가는 입구 하나를 발견할 수 있었다.

"이게 어디로 통하는지 혹시 아나?"

세현이 호올에게 물었다.

"초록색 등급의 전투 필드로 이어지지. 지형 타입이 사막이었어. 내가 이곳으로 올 때 지나온 곳이야. 그래서 알지. 다른 곳은 나도 몰라."

"음, 그래? 일단 그럼 기록을 해 두고, 다른 곳이 또 있는지 살펴보자고."

"좋을 대로 해. 나야 따라다니면서 도울 일이 있으면 돕는 정도밖에 할 수 있는 것이 없으니까."

호올은 그렇게 말하며 또다시 한 걸음 뒤로 처졌다.

호올은 대부분의 경우 그런 식으로 모든 일에서 뒷짐을 지는 편이었다.

*　　　　*　　　　*

세현은 미래 필드라고 이름 붙인 그 이면공간에서 총 네 곳의 통로를 발견했다.

그중에 하나는 호올이 지나쳐 온 초록색 등급의 전투 필드로 통하는 곳이고 다른 세 곳은 알 수가 없었다.

"이럴 때에는 '팥쥐'가 대단하다는 생각이 들어."

[음. 난 대단하지. 굉장하기도 하고.]

"그 대단한 거 말고, 네 기억력 말이야. 넌 기억하려고 했던 것들은 절대 안 잊어버리잖아."

[음음! 난 그래. 그건 훌륭하다고 할까? 난 굉장하고, 대단하

고 훌륭한 거야?]

"원거리 방어 능력은 굉장하고, 에테르를 이용하는 마법진을 그리는 능력은 대단하고 정확한 기억력은 훌륭하지. 그래, '팥쥐' 너는 굉장하고 대단하고 훌륭해."

"음음음! 그런 거야. 나는 그래. 음음!"

'팥쥐'는 짧은 팔을 양껏 휘저으며 의기양양한 태도를 취한다.

하지만 살찐 햄스터 모습으론 그래봐야 귀여울 뿐이다.

세현은 그런 '팥쥐'를 검지로 살살 긁어주었다.

나름 세현이 '팥쥐'에게 해주는 쓰다듬기인 셈이다.

"그래서 이제부터 '팥쥐' 너는 훌륭한 능력을 이용해서 우리 미래 필드와 연결된 모든 통로들의 관계도를 기억해야 하는 거야. 할 수 있지?"

[음! 나는 훌륭하니까.]

"그래, 그리고 혹시나 나중에 발견한 이면공간이 '팥쥐' 네가 기억하고 있는 돌비틀 지도와 연결되는 부분이 있으면 그것도 이야기를 해주고. 뭐 비슷한 이면공간을 발견하면 알려달라는 거야."

[음! 알았어. 돌비틀 지도. 난 훌륭하게 기억하고 있어.]

"하하하. 그래, 고맙다. 자, 그럼 또 가볼까. 오늘은 호올을 데리고 동쪽 통로로 들어갈 거야. 재한이나 나비에겐 미리 이야기해 뒀으니까 당분간 안 보여도 걱정은 하지 않겠지."

[음! 출발!]

스화홧 스홧!

세현과 호올이 거의 동시에 새로운 이면공간에 모습을 드러냈다.

세현이 목표로 했던 동쪽 통로와 연결된 이면공간이었다.

"평범하군."

호올이 주변을 둘러보며 이면공간에 대한 평가를 내렸다.

나무와 풀, 숲, 한쪽에 가시덤불, 먼 곳에 보이는 이면공간의 벽.

"빨간색 등급인 것 같은데?"

세현이 말했다.

"에테르 농도나 이면공간의 크기로 봐서는 그런 것 같군. 하지만 이곳이 통제되는 곳인지 아닌지는 알 수가 없군."

"돌아보면 되겠지. 일단 이곳은 기억해 두자. 돌아가려면 다시 이곳으로 와야 하니까."

"당연하지. 돌아가지 못하는 것은 문제가 있다. 여긴 내가 지키도록 하지."

호올은 그렇게 말을 하고는 자신과 똑 같은 자신 하나를 만들어냈다.

본래의 호올에서 새로운 호올이 옆으로 한 걸음 걸으며 분리되어 나오는 모습은 매우 깔끔했다.

하지만 세현은 그런 모습을 볼 때마다 대단하다는 생각이 들었다.

하나가 둘, 혹은 그 이상으로 사는 것이 어떤 느낌일지 알 수는 없지만 호올의 전력이 두 배로 늘어난 것은 분명했다.

꼭 같은 호올이 둘이 된 거니까.

"내가 여길 지킬 테니까 걱정할 필요는 없을 거다."

본래의 호올이 그렇게 말하자 또 다른 호올이 세현을 바라봤다.

"우리는 출발하지. 그리 넓지 않은 이면공간이지만 차근차근 돌아보고 또 다른 곳으로 통하는 통로를 찾으려면 시간이 넉넉하진 않으니까."

"그, 그러지."

세현은 새로 나타난 호올과 함께 이면공간 탐색에 나섰다.

스슥! 푸욱! 털썩!

호올은 세현의 뒤를 따르다가도 몬스터가 나타나면 어김없이 앞쪽에서 나타나 몬스터의 급소를 공격했다.

몬스터 패턴이 있는 부위에 깊이 박히는 호올의 단검은 붉은색 등급의 몬스터가 가지는 미약하기 짝이 없는 에테르 스킨 따위는 무시하고 한 방에 숨통을 끊어 놓았다.

때문에 세현은 몬스터들에 대해선 별로 신경을 쓸 것이 없었다.

"…그런데 그렇게 셋으로 나누어져 있으면 말이야."

"뭐가 알고 싶지?"

세현의 말에 뒤쪽의 호올이 대답했다.

"지금 통로 입구를 지키고 있는 호올도 여기서 일어나는 일을 모두 알고 있는 건가?"

"그건 아니다. 여럿이 되었을 때, 경험한 것은 각각의 개체만 알고 있다. 그러다가 하나가 되면 그 경험도 하나로 묶이는 것이다."

"음? 그래?"

"나는 아직 미숙하다. 그래서 여럿이 되어 오랜 시간을 보내며 많은 일을 겪으면 하나가 되었을 때, 그것을 소화하고 흡수하는데 오랜 시간이 걸린다. 아마 이번 일이 끝나고 복귀하게 되면 그런 시간이 필요할 것이다."

"아, 무슨 말인지 알겠군. 개체별로 경험한 것이 많으면 많을수록 그 시간이 오래 걸리겠군? 거기다가 한계 이상이 되면 곤란하기도 할 거고 말이지."

"당연하다. 그래서 여럿으로 되어서 활동하는 시간도 조절을 할 필요가 있다. 그리고 오랜 시간 일을 해야 할 때에는 틈나는 대로 명상을 통해서 내 몸에 정신에 가해지는 충격을 조금씩이라도 흡수할 필요가 있다."

"그래, 그렇군. 아, 저기 입구가 하나 있네. 이곳이 막다른 이면공간은 아니었던 모양이야."

"그래? 그건 좀 아쉽군."

"그런가?"

"막다른 이면공간이었으면 이곳은 온전히 미래 필드에 부속된 공간이 되는 것이 아닌가. 여러모로 이용하기 좋은 곳이 되는 것이지."

"그거야 그렇지만 그런 행운이 어디 쉽게 오나?"

세현은 아쉬운 마음이 들기는 했지만 조바심을 내지 않으려 애썼다.

[음. 찾았다. 코어!]

그때, 세현의 머릿속으로 '팥쥐'의 외침이 들렸다.

'코어? 그걸 찾고 있었어?'

[음. 코어 있어. 왼쪽 바위!]

'고맙다. 잘했어!'

[음. 잘했어. 난.]

"코어로군."

세현은 '팥쥐'가 발견한 코어를 자신이 발견한 것처럼 호올에게 말했다.

"코어가 이곳에 있다는 건가?"

"그래. 저 바위."

세현이 코어가 있는 바위를 가리켰다.

"정말이라면 대단하군. 어떻게 그럴 수가 있지? 코어는 쉽게 발견할 수가 있는 것이 아닌데? 특히 통제를 받는 코어는 좀처럼 찾을 수가 없지. 꼭꼭 숨겨 두니까 말이야."

"그래봐야 그 이면공간 안에 있는 거지. 어때, 구경이라도 하고 갈까?"

세현이 호올에게 코어 구경을 제안했다.

"좋은 경험이 될 것 같군. 고마워."

호올은 세현의 제안을 거부하지 않았다.

이면공간을 유지하는 코어를 본다는 것은 쉽게 할 수 없는 경험인 것이다.

'도와줄 거지?'

세현이 '팥쥐'에게 도움을 청했다.

[음. 그래, 도와줄 거야.]

'팥쥐'는 흔쾌히 세현의 부탁을 들어주겠다고 나섰다.

사실 세현의 능력으로는 이면공간에 숨겨진 코어에 접촉할 수가 없었다.

그것은 특별한 능력이 없이는 불가능한 일이었다.

그래서 재한이나 나비 등에게도 코어가 있는 위치를 알려주고 알아서 찾아보라고 했던 것이다.

포기하지 않고 노력해서 결국 코어에 접촉할 수 있기를 바라는 마음이지만 또 그게 쉽지 않을 거란 예상은 하고 있었다.

그때는 세현이 그들을 데리고 이면공간 유지 코어를 구경시켜줄 생각이었다.

우우우우웅! 우우우웅!

세현이 바위에 왼손을 대고 정신을 집중하자 '팥쥐'가 자신의 기운을 이용해서 바위 안에 있는 코어에 접촉했다.

코어의 에너지와 '팥쥐'의 에너지가 서로 충돌을 하는 것이다.

그리고 그 순간, 바위의 모습이 변하면서 문의 모양이 되었다.

"오호? 이게 그건가 코어룸으로 들어가는 문?"

호올이 알고 있었다는 듯이 물었다.

"맞아. 코어가 있는 곳으로 들어갈 수 있는 거지. 자, 가자."

세현이 문에 손을 대고 에테르를 주입했다.

그러자 세현의 모습이 씻은 듯이 사라졌다.

이어서 호올 역시 문에 손을 대고 에테르를 주입했고, 그의 모습 역시 문 안쪽으로 사라졌다.

"코어룸에 들어온 것은 처음이군. 그런데 들었던 것보다는 좀 감흥이 덜한데?"

호올은 세현 옆에 모습을 드러내고 코어룸을 훑어보면서 조금 실망한 음성으로 말했다.

"최하급인 붉은색 등급의 이면공간 코어룸이야. 뭘 더 바라는 거야?"

세현이 그런 호올에게 툭 쏘아 붙였다.

지금 보이는 광경만으로도 충분히 대단한데, 도대체 뭘 상상하고 있었던 건지 궁금한 세현이었다.

원형 돔 구조를 지닌 공간, 그 중앙에 원뿔 형태의 기둥이 있고, 그 기둥 끝에 코어가 올려 있다.

그리고 그 기둥과 바닥 벽과 천장은 모두 어지러운 마법진으로 채워져 있었다.

더구나 그 마법진들은 지금도 여기저기 빛을 내며 한 번씩 에테르를 움직였다.

세현과 호올은 그런 공간에 서서 여기저기 마법진이 빛나는 것을 보는 중이었다.

충분히 신비로운 광경이었다.

"들은 건데, 지금 저 마법진들이 작동하는 것은 기본적인 움직임일 거야. 만약에 이곳 이면공간에 큰 문제가 생기거나 하면 이곳은 눈을 뜨기 어려울 정도로 코어룸의 모든 마법진이 빛난다고 하더군. 그만큼 많은 일을 한다는 거지."

"그래?"

"그렇지. 사실 여기 있는 이 코어룸을 그대로 만들 수만 있다면 이면공간을 하나 새로 만들어 낼 수도 있는 거라고."

"음? 그 말 정말이야?"

"당연하지. 하지만 제대로 만드는 것이 어렵지. 숨겨진 마법진들이 얼마나 많은데?"

"하지만 이전에 우리 지구에서 인공 이면공간 생성 실험을 할 때에는 커다란 기둥만 세웠는데?"

세현은 배반의 크리스마스 실험을 떠올리며 말했다.

그때, 모든 실험에서 공통적으로 기둥을 세웠던 것이 떠오른 것이다.

기둥이 아니면 어쨌거나 높은 구조물을 세우고 그 위에 코어를 올렸었다.

어떻게 보면 그것이 지금 코어룸의 원뿔 기둥을 흉내 낸 것 같았다.

'코어룸에 대한 정보를 가지고 실험을 했던 건가? 형은 그걸 막으려 했고? 그런데 애초에 코어룸에 대한 정보를 가지고 왔던 것이 형 아니었나?'

세현은 형이 어떻게 코어룸에 대한 정보를 얻을 수 있었는지 궁금했지만 답을 얻을 방법은 없었다.

Chapter 2

식겁(食怯)이 뭔지 알아?

붉은색 이면공간 코어를 확인한 후, 세현과 호올은 다시 미래 필드로 돌아와서 남쪽 방향의 통로까지 확인을 했다.

남쪽 통로는 노란색 등급의 이면공간으로 연결이 되었는데, 몬스터들이 이면공간 전체를 차지하고 있는 전투필드였다.

노란색 등급이라 세현과 호올이 어렵지 않게 상대할 수준이기는 했지만 워낙에 수가 많아서 필드 전체를 살펴보지 못하고 물러나야 했다.

나타나는 몬스터는 갑각류와 외골격을 가진 곤충 종류였는데 필드 전체에 암석 지형을 제외하면 온통 몬스터로 덮여 있다고 느껴질 정도였다.

"이런 곳에는 코어 몬스터가 있을 거야. 이런 정도로 몬스터들이 많이 있다면 당연한 일이지."

호올이 뒤로 물러날 때 그렇게 이야기를 했다.

"그럼 결국 코어 몬스터를 잡아야 한다는 거잖아. 그럼 이쪽 공간을 사라지는 건가?"

세현이 아쉽다는 듯이 말했다.

사실상 남쪽의 통로는 쓸모가 없어진 것이나 다름이 없는 것이다.

"싫어도 어쩔 수 없지. 코어 몬스터가 등장했으면 끝이라고."

"그래도 몬스터를 계속 잡아서 에테르 수치를 낮추면 코어 몬스터도 사라지는 경우가 있지 않나?"

"그거야 그렇게 되기는 하지만 시간이 너무 오래 걸리잖아. 몬스터를 모두 잡는다고 에테르 수치가 급격하게 낮아지는 것은 아니야. 에테르 주얼로 획득하거나 사체를 가지고 나가거나 해서 결과적으로 이곳 필드의 에테르 총량을 줄여야 한다고."

"결국 에테르 코어가 생산한 에테르가 정도 이상으로 쌓여서 생기는 문제란 거지?"

"그렇지. 그러니까 이곳 자체의 에테르 수치를 낮추는 것이 중요하단 거지."

"괜찮아. 앙켑스 걸고 잡으면 에테르 주얼이야 쉽게 만들어낼 수 있으니까."

"그래봐야 몬스터 전체로 따지면 5% 정도밖에 안 되는 거야.

에테르 주얼."

"엉? 그렇게 낮아?"

세현은 호올이 던진 뜻밖의 정보에 깜짝 놀랐다.

몬스터를 잡고 에테르 주얼이 나와도 그 에테르 주얼은 결과적으로 몬스터가 지니고 있던 에테르 총량의 5% 정도일 뿐이라니 그 정도일 줄은 몰랐던 것이다.

"정확하진 않지만 대충 그렇지. 그러니까 몬스터 사체가 어떤 의미에선 더 중요할 수도 있다고."

"그렇긴 하지만 소유 총량에서 문제가 생기니까 곤란하지."

세현은 방법이 없다는 생각에 의기소침한 표정으로 말했다.

"엉? 소유 총량? 그게 뭔데?"

하지만 호올은 세현이 말한 소유 총량이란 말뜻을 몰랐다.

세현은 천공기사들이 이면공간과 현실을 넘나들 때에 일정 부피 이상은 이동시키지 못하는 것을 설명했다.

"우와, 그건 정말 불편하겠네? 그런데 그거, 이면공간 사이를 오고 갈 때에도 제약이 있는 거야? 우린 그런 제약은 없었는데? 혼자서 들고 갈 수 있는 정도라면 얼마든지 가능하지. 우리 온스 종족의 조상 중에는 성을 짊어지고 이면공간을 넘어서 이주를 했다는 전승 기록도 있다고."

"뭐? 성을 지고 옮겨?"

"그렇지. 그리고 특별한 종족의 경우에는 몸의 크기가 우리의 수천 배가 넘는 경우도 있는데? 그런 경우에도 이면공간 사이를 오고갈 때에 제약이 있다는 소린 못 들었다고."

"음, 하긴, 덩치가 큰 종족들이 있긴 하지."

세현은 호올의 말을 듣고 어쩌면 이면공간 사이를 오갈 때에는 제약이 없을 수도 있다는 생각이 들었다.

"그렇다고 함부로 몬스터 사체를 옮기는 건 생각을 해봐야 할 거야. 그러다가 미래 필드의 에테르 수치가 기하급수적으로 상승하면 그것도 곤란해. 알지? 자칫하면 미래 필드에 등장하는 몬스터가 증가하고, 자연 환경이 나빠진다고."

"음? 몬스터가 증가하는 것은 그렇다고 하고, 자연환경이 왜?"

"몰랐어? 에테르 수치가 높으면 그곳 환경이 에테르 기반 생명체, 그러니까 몬스터에게 적합하게 바뀌지. 풀이나 나무까지도 에테르 기반 생명체가 되는 거야. 그런 건 아무리 해도 몬스터 아니면 먹지도 못한다고."

"하지만 에테르를 많이 품고 있는 식물들은 꽤나 몸에 좋은 걸로 아는데?"

"하아, 이건 뭐 이렇게 상식이 부족해. 내가 배우는 것이 아니라 가르쳐야 하는 게 더 많은 것 같네."

호올이 한숨을 포옥 쉬었다.

그리고 다시 세현을 보며 설명을 시작했다.

"몸에 좋다고 하는 에테르는 그냥 에테르가 아니라 정화된 거지. 쉽게 말해서 몇몇 식물이 거친 에테르를 정화하기 때문에 우리 같은 생명체의 몸에 이롭도록 만드는 거야. 그래서 먹어도 좋다고 하는 거지. 그냥 에테르로 이루어진 나무나 풀은 그게 아니라고. 너도 알잖아. 몬스터는 죽으면 에테르로 승화된다는 거 말이야. 알지?"

"음, 알아."

"그때, 나오는 에테르는 우리가 섭취하는 종류와는 다른 거라고."

"에테르도 다양한 속성이 있다는 건 알고 있었지만 호올, 네가 말하는 건 처음 듣는다."

"아니, 들었을 거야. 에테르가 독이 된다는 소리를 안 들었을 리는 없어. 그런데도 네가 에테르를 사용하면서 강해지고 몸이 건강해져서 에테르는 좋은 거란 인식을 가진 거지."

"뭐, 우리 현실에선 전자기력과 충돌을 일으켜서 문제라는 소리는 있었지."

"아무튼 그런 거야. 그러니까 미래 필드로 에테르를 마구 끌어 들이는 것은 생각을 하고 하란 말이야. 뭐 주얼로 된 건 그대로 보관이 되니까 상관이 없지만, 사체 같은 건, 정말 곤란하다고. 네가 경영하는 필드가 정도 이상으로 에테르 수치가 높아지지 않게 하는 게 중요해."

"호올, 그럼 말이야. 등급이 높아지면, 그러니까 코어를 성장시키게 되면 그때는 발생하는 에테르의 양이 늘어나게 되잖아. 그럼 그렇게 늘어난 에테르들은 어떻게 되는 거야?"

"휴우, 내가 아무래도 선택을 잘못한 것이 아닌가 싶다. 잘 들어, 이면공간을 경영하다가 코어를 성장시키면 그만큼 필드가 넓어지지?"

"그야 당연하지."

"그럼 그 필드를 유지하기 위해서 또 그만큼의 에테르가 소비되겠지? 물론 그래도 생산되는 양이 늘었으니까 몬스터도 더 강해지고, 또 많아지고 하겠지. 그럼 그걸 적당히 잡아서 조절을 하는 거야. 그러면서 코어에서 생산된 에테르를 어떻게든 좋은 쪽으로 활용할 방법을 찾아야 하는 거지. 아니면 에테르 자체를 정화해서 전혀 다른 기운으로 바꾸건."

"에테르 정화? 그러고 보니까 포레스타 종족이 그걸 한다고 했던가?"

"맞아. 네가 선택한 미래 필드, 거기에 포레스타 종족이 살고 있었지? 그래서 그곳의 에테르 수치가 제법 낮은 편이야. 때문에 환경도 아주 좋지."

"살기 좋은 곳이긴 하지. 작은 강도 있고, 숲도 울창하고 몬스터도 웜 종류를 빼곤 별로 대단한 것이 없으니까."

"그래, 그게 전부 포레스타 종족이 에테르를 정화했기 때문이지. 지금은 그들이 없으니까 앞으로 에테르를 적당히 소비할 방법을 찾아야 하는 거야."

"그런가? 고맙다. 배우는 것이 많네."

세현은 호올에게 진심으로 고마웠다.

"훗, 고마워해야지. 어쩐지 내가 손해를 보는 것 같다고. 너와 함께하면 많은 경험을 하면서 수련에도 몰두할 수 있을 줄 알았는데 말이야."

"우리 지구엔 이런 말이 있어. '가르치면서 배운다.'라는 말."

"음. 가르치면서 배운다? 그거… 정말 좋은 말이군. 그래, 좋아."

호올은 세현의 말에 무척 감명을 받은 모습이었다.

"음, 이렇게 하자. 내가 우리 지구에서 많이 알려진 명상록 같은 것을 알려줄게. 그런 것도 네게 도움이 될 거야. 네가 하나가 여럿이 되었다가 다시 하나가 되는 과정을 반복한다면 내가 생각하기에 육체적인 문제보다는 정신적인 문제가 더 중요할 것 같으니까."

"좋아. 효과는 알 수 없지만 새로운 경험이나 배움을 거부하지 않는 것은 우리 온스 종족의 자랑이지. 하하핫."

호올은 기분이 좋은 표정을 지었다.

그는 '가르치면서 배운다'는 말이 준 여운을 여전히 음미하는 중이었다.

"동쪽은 빨간색 이면공간. 통로는 다른 곳으로 통하는 곳이 하나 있고."

"남쪽은 노란색 이면공간. 전투 필드고 몬스터의 수가 많아서 통로 확인은 못했지. 그리고 서쪽은 초록색 전투 필드. 내가 거길 통해서 이곳으로 왔고. 거기도 통로가 몇인지는 몰라. 내가 자세히 확인을 하지 않았으니까."

세현의 말을 호올이 가로채서 마무리를 지었다.

"그래서 이제 남은 것이 여기, 북쪽 통로야. 여기까지 살펴보고 다음에 동쪽을 제외한 다른 이면공간의 통로들을 하나씩 살펴보자고."

세현이 다시 호올의 말을 받았다.

"좋아. 그렇게 하자. 그런데 어때?"

호올이 세현에게 물었다.

이면공간 통로는 반대쪽으로 건너가기 전에 통로가 열리는 주변을 어느 정도 살필 수가 있었다.

그래서 통로 끝이 막혔거나 다른 뭔가로 방해를 받거나 하는 상황을 확인하고, 좁은 범위지만 몬스터 같은 위험 대상의 유무도 살필 수가 있었다.

호올은 지금 반대쪽 상황을 물어보는 것이다.

"특별한 것은 없어. 하필이면 호숫가 같은데?"

"호수?"

"그래. 백사장 같은 것이 있고, 물이 있는 것을 보니 말이야."

"그래? 뭐 위험이 없다면 일단 들어가 보자."

호올이 세현을 재촉했다.

세현은 고개를 끄덕이고 통로 안으로 몸을 던졌다.

이 형이 지금에서야 하는 말이지만, 그 이면공간 통로라는

거 말이다. 그거, 조심해야 한다. 자칫하다간 한 방에 훅 가는 수가 있어.

내가 이면공간 통로라는 것을 어떻게 알게 되었는지는 나중에 따로 이야기를 해주겠지만 말이다. 아무튼 그 통로라는 존재를 알고 그곳을 지나다닐 수 있었기 때문에 내가 다른 놈들보다 훨씬 빠르게 성장할 수 있었던 것은 분명하지. 주황색 등급에 들어가서 노란색이나 초록색 등급으로 이동한 후에 수련을 했으니까 말이다.

내가 전에 이야기 했지? 딴 놈들 모르게 내가 남색 등급을 몇 번이나 다녀왔다고 말이다. 그때, 말하지 않았던 방법이 바로 이면공간 통로를 이용하는 거였다는 말이지.

아, 아까 하던 이야기를 계속 하자면 말이다. 이면공간 통로를 이용하다가 자칫하면 감당할 수 없는 곳으로 가는 경우가 있다는 말이지. 반대쪽에 있는 이면공간의 등급을 전혀 알 수가 없으니까. 나도 그런 식으로 남색 등급에 첫 발을 디뎠지. 그러다가 죽을 뻔했다는 거 아니다. 거기 하필이면 전투 필드였거든.

너, 그냥 넓은 필드는 무슨 전투 필드나 평화 필드, 스페셜 필드가 다 섞여 있는 거 아니냐고 할지 모르는데, 실제로 다른 건 아무것도 없이 온통 몬스터만 득실거리는 전투 필드도 있다는 말씀이지. 이종족도 살지 않는 그런 곳 말이다. 끔찍하지.

아, 미안하다. 다이어리에 봉인된 부분이 있다는 걸 발견할 정도는 되어야 이런 글을 읽을 자격이 있다고 생각했다.

그러니 혹시라도 이걸 늦게 읽었다면 미안하다. 그래도 다행이지 않냐? 이 글을 읽을 수 있다면 위기는 벗어났다는 소리잖아. 응?

"세현, 내가 지금 무슨 생각을 하고 있는지 알겠냐?"

"호올, 아마도 네 생각과 내 생각이 같을 것 같은데?"

"그렇지? 우린… 지금… 최하 남색 등급이거나 혹은 보라색 등급의 이면공간에 들어와 있다."

"에테르가 굉장히 묵직하네."

"경험이 없어서 남색인지 보라색인지 알 수 없지만 적어도 파란색 등급은 아니다."

"나도 얼마 전까지 파란색 등급 이면공간에 있어서 그 정도는 충분히 알 수 있다."

촤라라라라 촤라라라라라 촤라라라락 철썩!

"잠깐만. 읍! 퉤! 짜군. 바다다."

호올이 백사장에서 제법 거칠게 치는 파도에서 물을 받아서 입에 머금어 보고는 망연한 표정으로 세현을 봤다.

"바다……."

세현도 살짝 충격을 받았다.

바다가 있는 필드라면 떠오르는 것은 하나뿐이었다.

"여기, 보라색 필드인 모양이다. 호올."

세현이 얼굴색이 시커멓게 변한 상태로 말했다.

"도, 돌아가자."

호올은 세현의 말에 최대한 침착하려 애쓰면서 말했다.

그리고 호올과 세현은 미래 필드로 통하는 통로가 열리는 시간이 어서 오기만 간절히 바랐다.

호올과 세현은 그자리에서 떠날 생각을 하지 않았다.

둘은 절대로 주변을 탐색한다거나 하는 상상을 하지 않았다.

자칫 몬스터라도 만나게 되는 날에는 살아서 돌아가긴 어려울 것이다.

'여기선 아파트로 통하는 비상 탈출도 쓸 수가 없어!'

촤라라라라 촤라라라 촤롸락 촤락!

세현과 호올은 무심하게 밀려왔다가 밀려가는 파도조차도 경계심어린 눈으로 바라봤다.

뭐라도 나타나면 심장이 덜컥 떨어질 것 같은 분위기였다.

그들은 식겁(食怯) 했다.

말뚝 박아! 거기 말고 딴 곳으로 가자!

"아으… 오, 온다!"

바짝 긴장한 상태로 복귀할 이동 통로가 열리기를 기다리던 호올이 신음처럼 읊조렸다.

그가 바라보는 방향은 바다의 수면이었다.

세현도 뭔가 거대한 것이 밀려오는 느낌을 받고 바짝 긴장을 한 상태였다.

"이거 위험한데? 그나저나 왜 이렇게 안 열려?"

세현이 낮은 음성으로 투덜거렸다.

이면공간을 넘어가는 통로는 한 번 열리면 한동안 유지가 되지만 한쪽 방향으로만 열려 있다.

즉 미래 필드에서 이쪽 해안가로 온 순간부터 그 방향의 통로가 열려 있는 것이다.

하지만 그 때문에 반대로 되돌아가는 통로는 열 수가 없다.

미래 필드에서 이곳으로 오는 통로가 닫히고 어느 정도 안정이 되는 시간이 필요한 것이다.

실제로는 몇십 분 정도의 시간일 뿐이지만, 지금처럼 위급한 상황에선 한없이 길게만 느껴지는 시간이었다.

"아, 아직이냐?"

호올이 떨리는 음성으로 물었다.

"조금만, 이제 거의 된 거 같다."

"으으으."

호올이 신음을 흘렸다.

그는 세현과 다른 뭔가를 느끼는 모양인지 온몸이 땀에 젖어 있는 상태였다.

우우우웅!

"됐… 다!"

후다다닥!

세현의 말이 떨어지기 무섭게 호올이 몸을 날려 통로로 뛰어들었다.

그리고 세현도 망설이지 않고 그 뒤를 따랐다.

세현이 통로로 몸을 던지며 바다 쪽으로 시선을 던졌을 때, 바다 전체가 거대한 해일과 함께 해안으로 달려드는 것이 보였다.

좌와와와와왁 좌화화화화확!

세상을 삼킬 것처럼 거대한 물의 벽이 세현과 호올이 있던 자리를 덮쳤다.

하지만 그곳에 두 사람의 흔적은 남아 있지 않았다.

꾸우우우우우우우우우웅!

정체 모를 커다란 소리가 빈 공간을 대신 채웠다.

"으라차찻! 으랏차!"

쿠궁! 쿠구궁! 콰광!

"야, 진정해라. 진정. 이제 그만하면 충분해. 통로에 구조물을 세웠으니까 누구라도 그 통로로 나올 수는 없다고."

세현이 호올의 작업을 말렸다.

호올은 통로를 넘어오자마자 곧바로 그 통로의 도착점에 바위와 흙, 돌과 나무 등등을 이용해서 커다란 탑을 쌓았다.

호올은 그걸 위해서 하나가 셋이 되는 것도 마다하지 않았다.

세현도 처음에는 그런 호올의 작업을 도왔다.

그 역시 보라색 등급으로 추정되는 이면공간에서 누군가 넘어 오는 것을 바라지 않았던 것이다.

그래서 어느 정도 구조물을 만드는 데는 협조를 했지만 호올의 잡업은 도가 지나쳐도 너무 지나쳤다.

그래서 이제 그만하라고 호올을 멈춘 것이다.

"너, 너는 아무렇지도 않단 말이냐?"

호올은 세현을 이상하다는 눈빛으로 바라보며 물었다.

"무얼 말하는 건지 모르겠군. 저쪽의 그……."

"그만, 그 이야긴 하지 마라. 그… 끔찍한 기억을 떠올리게 하지 마라."

"흐음. 반응이 너무 과한 거 아닌가? 물론 굉장한 힘을 지닌 존재가 다가오고 있다는 걸 느끼긴 했지만 그렇다고 그렇게까지 겁먹을 건 아니었던 것 같은데?"

"역시, 너는 느끼지 못한 거구나. 그 거대하고 강력하고 포악하며 압도적인 존재감. 나 스스로를 부정하며 꾸역꾸역 덜어내고 싶은 느낌. 그걸 너는 느끼지 못한 거였어."

호올이 이마 가득 진땀을 흘리며 말했다.

"그러니까 너는 그런 느낌을 받았단 말이지?"

"크흐흐, 느낌. 그래, 그렇지. 하지만 그건 실제적인 존재감이었다. 그것은 내가 얼마나 하찮은 존재인지 알려주며 스스로 죽으라고 강요하는, 그런 것 같았지. 셋이 된 나를 모두 덜어내라고 윽박지르는 듯한 그런······."

털썩!

호올이 자신이 쌓은 탑을 마주 보는 상태로 바닥에 주저앉았다.

"저게 있는 동안은 걱정이 없겠지."

"아니, 저게 없어도 걱정은 없을 거야. 만약에 그 존재가 이 종족이라면 당연히 너를 해칠 수가 없을 테고, 이면공간 통로는 몬스터가 이용하지 못할 거니까 네가 스스로 저리 들어가지 않는다면 걱정할 이유가 없지."

"흐으, 그렇지? 확실히 그런 거야. 맞아. 흐으으."

호올이 넋이 나간 듯이 입에서 바람 빠지는 소리를 냈다.

"크하하하하하 대단해, 정말 대단해! 봐, 보이냐? 온몸에 소름이 돋았어. 생각해 보면 말이야. 그게 뭔지는 몰라도 굉장한 놈인 것은 분명해. 그것이 나에게만 유독 심술을 부리진 않았을 거란 말이지. 그런데 너는 아무렇지도 않은데 나만 이상했어. 그래, 그랬지?"

세현이 한동안 가만히 있다가 미친 듯이 웃고 나서 자신에게 물음을 던지니 호올에게 고개를 끄덕여 보였다.

"그래, 나만 그랬어. 그 이유! 알 것 같다. 그놈, 그게 내 정신을 억누른 거야. 단지 그거지. 그런데 나는 곧 죽을 것처럼 그랬단 말이지. 이유가 뭐라고 생각해?"

"글쎄? 난 잘 모르겠는데?"

"크흐흐흐. 내 정신이 너무 나약해서 그래. 아니, 하나가 셋이 되면서 다른 것은 몰라도 내 정신 자체도 그렇게 나누어진 거지. 그래서 같은 압력을 받아도 나는 몇 배는 더 크게 받았던 거야. 하하하핫."

"그게 웃을 일은 아니잖아."

세현은 호올이 어딘가 문제가 있는 것이 아닌가 싶어서 조심스럽게 말했다.

"그래. 웃을 일은 아니지. 하지만 그거 알아? 막연한 대상을 상상하며 어떻게든 강하게 되려는 것과 명확한 대상을 직접 본 후 뭔가를 하는 것은 큰 차이가 있다는 것을 말이야."

"그게 무슨 소리야?"

세현이 물었다.

"지금까지 나는 내 정신이라는 것의 전체적인 모습을 알지 못했어. 그런데 방금 나는 그것을 바닥까지 봤지. 으흐흐흐. 대단해, 정말 대단해."

세현은 호올이 점차 흥분하고 있음을 알았다.

"진정하고 가서 쉬어. 내일은 서쪽 이면공간을 가보자. 전에 네가 지나왔다는 곳이지만 그곳에 대해서도 확인을 하기는 해야지."

"크흐흐. 그래, 그렇게 하지. 알았다, 알았어. 흐흐흐."

호올은 세현의 발에 순순히 따르며 거처로 걸음을 옮겼다.

세현은 그런 호올의 뒤를 따르며 거처에 도착할 때까지 호위를 해주었다.

평소엔 필요가 없는 행동이지만 오늘 호올의 상태는 영 미덥지가 않았다.

"여기서 뭐하냐?"

다음날, 세현은 호올을 찾기 위해서 미래 필드 곳곳을 뒤지고 다녔다.

그런데 의외로 호올을 발견한 곳은 북쪽 이면공간 통로 앞이었다.

그는 자신이 세웠던 탑을 거의 허물어 놓고 망연한 표정으로 그곳을 바라보고 있었다.

"자신의 한계, 혹은 실체를 명확하게 바라보는 일은 무척 낯설다."

호올이 혼잣말을 하듯이 말했다.

"무슨 소리야? 알아듣게 이야기를 해."

"그런데 나는 어제 저 건너에서 그러한 경험을 했다. 초라하기 짝이 없는 내 자신을 발견하고 차라리 죽는 것이 나을 거란 생각까지 했었다."

"음. 그건 어제 이야기했잖아. 저 너머에서 네게 부족한 것을 명확하게 깨닫게 되었다고 말이야. 그래서 그렇게 기쁘게 웃지 않았었나? 그런데 지금 왜 여기 있는 거지?"

세현은 설마 하는 생각에 물었다.

"다시 확인하고 싶다. 내가 느낀 것, 인식했던 것이 진실인지. 혹시 착오가 있었던 것은 아닌지."

"왜? 이유가 뭔데?"

"내가 너무 초라하니까."

세현의 질문에 호올을 그렇게 대답하고 입을 다물어버렸다.

"그래서 지금 뭐하고 있는 건데? 가보려면 가보지, 왜 여기서 이러고 있어? 어제 알게 된 사실이 정말일 것 같아 겁나는 거야?"

"아니다. 그게 아니라, 돌아오지 못할 것이 겁난다."

"그런 각오는 하고 넘어가야지. 어제 너도 느꼈겠지만 뭔가 엄청난 것이 거기 있었어. 솔직히 나는 그것이 보라색 등급의 일반적인 몬스터인지, 아니면 또 다른 존재인지 알 수 없지만, 일단 엄청난 것이 있었다는 사실은 알지. 그리고 너는 나보다 더 잘 알 거 아냐?"

"그렇겠지. 나는 죽음을 생각할 정도로 충격을 받았으니까."

"그럼 그걸 각오하고 넘어가던가 아니면 어제 네가 뭔가 얻어서 기뻐했던 것을 잘 활용해서 성장을 하든가 선택을 해야지. 참고로 내 생각을 말하자면 여길 넘어가는 것은 자살과 비슷한 것일 수도 있다는 생각이 든다. 최소한 어제 네가 느꼈던 그런 한계는 극복한 뒤에 넘어가도 넘어가야 하지 않을까 싶다. 일단 네 단점이랄지 약점이랄지 하는 것을 하나는 발견한 상태라면 그걸 고치고 가라는 소리다."

"안다. 그걸 알지만… 자꾸만 확인하고 싶다는 생각이 든다."

"그건 아무래도 정상적인 판단이 아닌 것 같다. 그러니 이 필드의 경영자로서 말하는데 너에게 이쪽 통로의 사용을 금지하겠다."

"음?"

세현의 말에 호올이 놀란 표정을 지었다.

"네가 나를 돕겠다고 했으면 그 정도의 제약을 걸 수 있을 거란 생각이 든다. 이 북쪽 통로는 지금부터 무기한 폐쇄하겠다."

"…그렇게 말을 하면 어쩔 수 없겠지. 알았다."

호올은 세현의 단호한 말에 어쩔 수 없다는 듯이 수긍했다.

"자, 그럼 말뚝이나 박아."

"음? 뭘 하라고?"

"쓸데없이 탑 같은 거 세우지 말고 말뚝이나 큰 걸로 몇 개 박아 두라고. 어차피 이쪽으로 넘어오는 통로의 끝에 이질적인 구조물만 있어도 통행은 불가능하잖아."

"그렇기는 하지만……."

"자, 빨리빨리 움직이자. 일 끝내고 오후에는 서쪽 통로를 넘어가 봐야지. 초록색 전투 필드라고 했지?"

"그렇다. 하지만 남쪽의 노란색 등급 필드보다는 돌아다니기가 좋을 것이다. 몬스터의 수가 그렇게 많은 편은 아니니까."

"그런데 전투 필드인 것은 확실해? 그렇게 몬스터 수가 적다면 그곳에도 주민들이 살고 있을 수도 있잖아."

세현도 이제는 안다.

에테르의 수치가 낮고 사람들이 살기 좋은 환경은 거저 만들어지는 것이 아니란 사실을.

에테르 수치가 낮아서 살기 좋은 환경을 유지하는 이면공간은 그곳을 관리하는 어떤 힘이 작용하고 있는 것이다.

"몬스터 수가 그렇게 많은 편이 아니라고 해서, 일반적인 필드와 같은 수준이란 말은 아니다. 내가 그곳을 지나올 때는 셋으로 조심해서 지나왔다."

"어쨌건 이번에는 나도 있으니까 어지간하면 큰 문제는 없을 거다. 뭐 하냐? 말뚝 박으라니까?"

"……."

"멀쩡하게 쌓았던 탑을 그 꼴로 만든 건 호올, 너다. 그러니 일해라."

[음음. 무서워!]

"이제 좀 괜찮아진 거야?"

세현이 호올에게 말뚝 작업을 시켜놓고 미래 필드를 순찰하는 중에 '팥쥐'가 모습을 드러냈다.

평소 다른 사람들이 있을 때에는 현신(現身)을 하지 않는 '팥쥐'지만, 이번에는 그런 이유가 아니라 어제 들어갔었던 북쪽 필드에서 충격을 받아서였다.

그 때문에 세현은 그곳이 보라색 등급의 이면공간일 거라고 거의 확신하고 있었다.

'팥쥐'는 파란색 등급의 에테르 주얼까지 흡수해서 성장한 상태였다.

그 상태에서 만약 남색 등급의 이면공간에 들어갔으면 '팥쥐'는 한 단계 높은 성장 가능성에 흥분하며 열심히 세현을 졸랐을 것이다.

남색 등급의 에테르 주얼을 구해 달라고.

하지만 어제 '팥쥐'는 새로운 등급의 이면공간에 들어갔음에도 전혀 반응을 보이지 않았고, 미래 필드로 돌아온 후에도 세현의 부름에 응답하지 않았다.

세현은 그런 사실을 미래 길드의 본부 건물 숙소에 와서야 알아차렸고, 계속 '팥쥐'를 불렀지만 답이 없었다.

그나마 천공기 안에 있는 '팥쥐'에게 크게 이상이 있는 것은 아니란 느낌이 전해져서 조용히 '팥쥐'가 나오기를 기다리던 참이었다.

[음음. 답답했어. 아무것도 느껴지지 않아. 완전히 갇혀버린 것 같은. 어떤 것과도 접촉이 되지 않았어.]

'팥쥐'는 자신이 그 이면공간에 넘어갔을 때의 경험을 그렇게 전했다.

"아마 보라색 등급이어서 그랬을 거야. 다음에 남색 등급에 가면 달라지겠지."

[음! 하지만 극복하고 싶어. 음음음!]

"그 말, 설마 다시 거길 들어가고 싶다는 소리는 아니겠지?"

[음! 다시 가고 싶어! 극복!]

"너도 호올처럼 제정신이 아닌 모양이다. 그러니까 너도 북쪽 통로에는 접근할 생각도 하지 마. 아니지, 무기한 거기에 대해선 신경 쓰지 마. 적어도 남색 등급 에테르 주얼을 흡수해서 성장하기 전까지는! 알았냐?"

[음. 가고 싶어!]

"너도 호올하고 같이 말뚝 박고 싶어?"

[음······.]

호올! 너, 제대로 안 하냐?

텅! 카강! 카드득! 카가강!

카카카카카칵 카카칵!

세현과 호올은 한창 전투 중이었다.

서쪽 통로를 이용해서 예전 호올이 지나왔다던 초록색 등급의 전투 필드로 들어와서 탐색을 진행하는 중에 몬스터를 만난 것이다.

사실 그런 전투가 벌써 세 번이나 있었고, 이번이 네 번째였다.

"몬스터가 전에 그 남쪽 필드보다는 적은데, 그렇다고 만만히 볼 정도는 아니야."

"그거야 그렇지만 세현이, 네가 몬스터를 피하지 않고 적극적으로 사냥을 하려고 하니까 더 그렇잖아. 좀 피할 건 피하고 그러자. 응?"

"왜? 아직까지는 그런대로 여유가 있지 않아? 거기다가 이런 기회가 흔한 것도 아니지. 이놈들, 굉장히 실력이 좋은 전사들이라고."

세현은 그와 호올이 상대하고 있는 몬스터들을 칭찬했다.

인간형 몬스터.

이족 보행에 손을 가지고 있고, 도구를 사용하는 몬스터들 중에서도 인간의 외형과 비슷한 것들을 인간형 몬스터라 한다.

지금 세현과 호올이 상대하고 있는 것도 바로 그런 인간형 몬스터였다.

그 몬스터들은 피부색이 초록색이라거나 팔뚝과 종아리가 유독 두꺼워서 균형이 이상한 점을 빼면 일반적인 인간과 다를 것이 없었다.

더구나 그 몬스터들은 갑옷과 방패, 검과 창, 활, 단검 등등의 무기를 능숙하게 사용했다.

세현이 흔치 않은 기회라고 하는 것은 그런 몬스터를 상대로 수련을 할 수 있기 때문이었다.

검술과 방패를 이용하는 몬스터, 창을 기가 막히게 쓰는 몬스터, 단검을 양 손으로 옮겨 가며 날렵한 움직임을 보이는 몬스터에 활을 쏘는 몬스터까지.

그 하나하나가 초록색 등급의 몬스터의 능력을 지니고 있었다.

무기에 에테르를 씌우는 정도는 기본적으로 할 수 있는 몬스터들.

등연히 그것들을 상대하기 위해선 수준에 맞춰서 대응을 해야 한다.

검기를 뿜고, 방패에 에테르를 씌워서 방어력을 끌어 올려야 하는 것이다.

그런 연습을 제대로 할 수 있는 몬스터는 사실 많지 않았다.

특이 인간형 몬스터는 몬스터가 아닌 인종 종족을 적으로 가진 이들에겐 더없이 좋은 연습 상대고, 세현은 그런 기회를 잘 살릴 필요가 있다고 느끼는 사람이었다.

"정말 대단한 것 같다. 어떻게 그렇게 할 수가 있지? 꼭 필요한 순간에만 에테르를 사용하잖아."

세현이 에테르를 사용해서 무기나 방어구를 강화하는 것을 몸에 각인했다는 사실을 모르는 호올은 세현의 전투 모습을 보며 감탄을 거듭했다.

"거기다가 그게 뭐냐? 찌르기 베기, 치기의 끝을 보여주는 그 움직임. 정말 내가 지금까지 본 것 중에서 최고다."

몬스터를 상대하면서 호올은 세현의 움직임에 감탄을 거듭했다.

그가 그렇게 여유가 남는 것은 몬스터들의 공격이 세현에게 집중되고 있기 때문이었다.

호올은 하나가 여럿이 되면 그만큼 존재감이 사라지는 듯했다.

그래서 그렇게 여럿으로 나누어진 상태에선 몬스터들이 호올보다는 세현에게 달려드는 경우가 훨씬 많았다.

그러다보니 세현이 어쩔 수 없이 방패를 앞세워서 몬스터들과 근접전을 벌이고 있는 것이다.

[음음. 대단한 걸 보여줄 수가 없어.]

하지만 그 때문에 '팥쥐'는 심통이 나 있었다.

가끔 날아오는 화살을 방어하는 것으로 '굉장한 팥쥐'는 완성된 것 같은데, 에테르 마법진을 쓸 수가 없으니 '대단한 팥쥐'는 되지 못하는 것이다.

'팥쥐'가 그걸 불만스럽게 여기는 것을 세현도 느끼고 있었다.

'어쩔 수 없잖아. 넌 누구에게도 알릴 수 없는 나만의 비밀이란 말이야. 그만큼 소중한 거야.'

[음음. 알아. 난 소중해. 세현에게. 그래서 비밀이야!]

'팥쥐'는 세현의 그 말이 마음에 들었던지 불만스런 기색이 사라지고 한껏 고양된 기분이 전해졌다.

세현은 아직도 어린아이 같은 '팥쥐'의 반응에 내심 웃음이 났지만 티를 내지는 않았다.

그러면서도 '팥쥐'가 처음 씨앗으로 있을 때에 비하면 얼마나 많이 성장했는지를 떠올리면 뿌듯한 기분이 들기도 했다.

거기다가 아직도 성장 가능성이 남아 있는 '팥쥐'였다.

"호올, 여기도 코어 몬스터가 있을까?"

세현이 문득 생각나서 호올에게 물었다.

그러는 사이에도 세현의 검과 방패는 몬스터의 공격을 막고 받아쳐내고 있었다.

"모르지. 하지만 이 정도면 아직은 없지 않을까? 아니면 나타났다가 사라졌다가 하는 수준일 수도 있고."

"그런 경우도 있긴 하다고 들었지. 어?"

말을 하던 세현이 갑자기 뭔가 발견한 듯이 한쪽을 뚫어져라 바라봤다.

"뭐가 있나?"

호올이 그 방향을 유심히 쳐다봤다.

사막 지형 특유의 아지랑이가 가물거리는 먼 곳에 뭔가가 있었다.

"저거 뭐야? 새로운 몬스턴가?"

호올이 고개를 갸웃거렸다.

"몬스터는 아닌 것 같은데? 쫓기는 것 같지 않아?"

세현이 이제는 두 마리밖에 남지 않은 몬스터를 빠르게 공격해서 처리하며 말했다.

이미 앙켑스로 에테르 스킨이 모두 걷혀 있는 상태에서 수련을 위해서 상대를 하고 있던 놈들이라 처리하려고 마음먹으면 어려운 일은 아니었다.

호올도 세현의 의도를 짐작했는지 적극적으로 몬스터를 처리하는데 힘을 보탰다.

그리고 곧바로 몬스터들 사이에 떨어져 있는 에테르 주얼을 챙겼다.

혹시라고 급하게 자리를 이동할 일이 생길 것을 대비한 것이다.

"확실히 몬스터는 아니군. 뒤에 쫓아오는 몬스터에게 쫓기는 중이야. 그런데 세현, 혹시 아는 종족이냐?"

호올이 세현을 쳐다보며 물었다.

점점 가까워지는 그들의 외모를 보고 묻는 말이었다.

"글쎄? 몸에 비늘이 있는 이종족은 별로 아는 종족이 없는데?"

세현은 그렇게 말을 하며 이제는 뚜렷하게 겉모습을 확인할 수 있는 거리까지 다가온 이들을 바라봤다.

"도, 도와주십시오!"

서른 명 정도의 무리 중에서 한 사람이 고함을 질렀다.

"어떻게 할 거야?"

호올이 물었다.

"어쩌긴, 도울 수 있다면 돕는 것이 당연한 거 아냐?"

"어째서?"

세현의 당연하다는 말에 호올은 그게 어째서 당연한 것이냐고 되물었다.

"일단 싸움이 끝나고 나서 이야기하자. 지금 왜 그런지 설명할 틈이 없을 것 같으니까."

"알았어. 그럼 내가 앞에서 잠깐 시간을 벌어 볼게."

세현의 말에 호올은 급박한 상황을 인정했는지 그렇게 말을 하고는 빠르게 달려 나갔다.

그는 달리는 중에 세 명으로 늘어났고, 도망치는 이종족들과 스쳐 지나가 뒤따라오는 몬스터의 발걸음을 잡기 위해서 공격을 시작했다.

우랴랴랴락! 와랴락!

몬스터 중에서 가장 덩치가 큰 한 마리가 요란한 소리를 질렀다.

세현은 그 몬스터가 코어 몬스터가 아닐까 생각했지만 그렇게 생각하기에는 품고 있는 에테르의 크기가 그렇게 많지는 않았다.

주변의 다른 몬스터보다 조금 더 강한 개체일 뿐이었다.

세현은 호올이 시간을 끄는 동안에 몬스터 십여 마리에게 모두 앙켑스를 시전했다.

그리고 곧바로 방패와 검을 들고 몬스터들에게 달려들었다.

이미 도망을 치던 이종족들은 메마른 흙바닥 위에 주저앉아서 가쁜 숨을 몰아쉬고 있었다.

그들은 더 도망갈 생각은 하지도 못하고 있었다.

우롸롸롸! 와락! 쿠롸락!!

카가강! 터딩! 퍼버벅! 츠카캇!

세현이 가세하면서 싸움은 어지럽게 진행이 되기 시작했다.

세현은 호올들이 상대하고 있는 몬스터들을 하나씩 공격해서 그 몬스터들이 자신을 공격하도록 만들었다.

셋으로 나누어진 호올은 존재감이 약해서 세현이 몬스터를 몇 번 공격하면 그 후로는 몬스터가 세현만 공격했다.

그런 식으로 세현이 열한 마리의 몬스터의 이목을 모두 자신에게 돌리는 동안에 호올 세 명의 협공을 받은 몬스터들이 하나씩 쓰러졌다.

단검을 쓰는 호올의 공격은 급소를 찌르는데 특화되어 있었다.

세현의 앙켑스로 에테르 스킨이 벗겨지기 시작한 몬스터들은 감히 호올 세 명의 협공을 견딜 수가 없었다.

몬스터 패턴을 정확하게 찌르고 빠지는 호올들의 공격을 몇 번 받다 보면 몬스터들은 어느새 흙바닥에 누워 있었다.

후롸락! 쿠락! 쿠와와와와와왁!

다른 녀석들에 비해서 머리 하나는 크고, 품고 있는 에테르도 훨씬 강한 몬스터가 커다랗게 소리를 질렀다.

하지만 그 몬스터 역시 앙켑스에 걸려서 에테르 스킨이 벗겨진 상태.

세현의 검과 방패에 속수무책을 밀렸다.

세현이 조금 전과는 달리 적극적으로 몬스터를 해치우기로 작정을 한 상태라서 한 수 한 수의 공격이 무겁고 매서웠다.

츠리릿! 터엉! 콰곽!

검과 방패가 몬스터들의 무기를 맞받아치면, 세현의 발걸음은 몬스터들이 밀려난 빈 틈을 여지없이 찾아 들어간다.

그런 식으로 몬스터들을 몰아붙이면 어디선가 나타난 호올이 또 한 마리의 몬스터를 쓰러뜨린다.

그런 식의 싸움이 이어지다보니 어느새 가장 강력했던 몬스터조차도 땅바닥에 쓰러져 있었다.

"우와, 이거 보여?"

호올이 쓰러진 몬스터들 사이에서 지금까지와는 다른 몇 가지 물건을 들었다.

팔찌와 검이었다.

세현은 팔찌를 보는 순간 소리를 질렀다.

"천공기?"

"와우, 이게 그거야? 어디 내가 껴 봐도 되나?"

세현의 놀람에 호올이 천공기 팔찌를 손목에 걸어본다.

"아무 변화도 없는데? 이게 너희 세상인 지구에서 이면공간으로 들어오게 한다는 그거 맞는 거야?"

"맞아. 하지만 천공기는 유독 우리 지구에서만 활성화가 되는 걸로 알고 있어."

"음? 그래?"

"그것도 특별한 재능이 있어야 한다더군. 에테르에 대한 감응력이나 운용능력을 타고나야 한다지."

"아, 그렇구나. 참, 이 검은 어때?"

호올이 조금 전에 주운 검을 세현에게 내밀었다.

"나는 이거면 돼. 검은 네가 가지고 천공기는 내가 가지고. 어때?"

"뭐 나야 천공기란 그건 쓸모가 없으니까. 좋지. 그렇게 하자. 으흐흐."

호올은 세현의 제안을 흔쾌히 수락했다.

"난 에테르 주얼이나 주워야겠다. 저기 저 사람들, 네게 뭔가 할 말이 있는 모양이다."

호올이 지쳐 쓰러져 있다가 조금씩 몸을 일으키는 이종족들을 가리켰다.

다른 이들과 맞추진 상황에서 호올은 세현에게 무리의 리더 역할을 맡기는 것이다.

"고, 고맙습니다. 덕분에 살았습니다."

"예, 뭐. 도울 수 있다면 서로 돕는 것이 최소한의 미덕 아니겠습니까. 우리가 능력이 되지 않았으면 당신들이 도착하기 전에 도망을 갔을 겁니다."

"죄송하게 생각합니다. 피해를 끼칠 수도 있다는 것은 알았지만 우리 일족이 이제 여기 남은 이 인원이 전부입니다. 일족의 멸족을 두고 볼 수가 없어서 안 되는 것을 알면서도 두 분께로 달려왔습니다."

세현이 가까이에서 본 이종족의 얼굴은 잉어의 얼굴을 펑퍼짐하게 눌러놓은 듯한 모습이었다.

몸에 걸친 옷가지 사이로 보이는 피부에는 모두 비늘이 달려 있었는데, 부분에 따라고 크고 작은 비늘들이 촘촘했다.

"하아, 하아, 족장님, 아이들이……."

그때, 또 다른 이종족이 다가와 세현과 대화 중인 이종족을 족장이라 부르며 소매를 끌었다.

그가 가리키는 곳에는 바닥에 누워서 숨을 헐떡거리는 이종족이 보였다.

그런데 그 이종족의 목에는 커다란 상처 같은 것이 드러나 있었다.

세현은 깜짝 놀라서 한쪽으로 달려가 배낭에서 붕대를 꺼내들었다.

하지만 세현은 붕대를 그 이종족에서 사용할 수가 없었다.

가까이 다가가 보니 목에 벌어진 것은 상처가 아니었다.

"아가미?"

"하악! 하악! 하악!"

정신을 잃은 듯 쓰러진 그 이종족이 어린 아이란 사실은 몸집으로도 충분히 짐작할 수가 있었다.

"죄송하지만 물, 물이 필요합니다!"

족장이라는 사내가 급하게 외치며 세현을 바라봤다.

세현은 배낭으로 걸어가 물이 들어 있는 통을 꺼내 족장에게 건넸다.

"고, 고맙습니다. 고맙습니다."

족장은 물통을 받아서 품에서 꺼낸 천을 적셨다.

그리고 그것을 쓰러진 아이의 목에 감아주었다.

벌떡거리는 아가미를 물에 젖은 천으로 감싼 것이다.

그러자 잠시 후, 아이의 숨소리가 조금씩 낮아졌다.

그런데 다른 이들 모두가 족장의 곁에 있는 물통에 시선이 꽂혔다.

그런 이들 중에는 목이 조금씩 벌어지고 있는 이들도 있었다.

아가미가 입을 벌리는 것이다.

사막에 살게 된 카피로 종족의 고난

"후우, 정말 오랜만에 느껴보는 축축함입니다."

족장이라는 사내는 꺼칠한 비늘로 덮힌 얼굴에 웃음을 지었다.

그의 목에는 물에 적신 천이 둘러져 있었다.

그 천은 그들 종족 특산물로 물을 함유하면 자연 증발을 막아주는 특별한 효과가 있다고 했다.

그래서 아까운 물이 헛되이 사라지는 것을 막아주는 최고의 아이템이라 했다.

"우린 카피로 종족이라고 합니다. 사실 우리 일족이 어딘가에 더 있는지는 알 수 없습니다. 아주 오래전에 우리 일족이 이면 공간으로 들어오면서 따로 분파를 만들었다는 기록이 없으니까요. 그래서 여기 있는 우리가 카피로 종족의 전체라고 생각하는 겁니다."

"그런데 여긴 어떻게 오신 겁니까?"

세현이 카피로의 족장에게 물었다.

"여기요? 여긴 우리 일족이 정착한 곳입니다. 다른 곳에서 이곳으로 온 것이 아니지요. 지금에서는 사실상 경영에 실패한 상황이라 우리 땅이라고 주장할 수도 없는 상태긴 합니다만, 우리 일족이 오랜 세월을 이곳에서 살고 있었던 것은 분명합니다."

"음. 그러니까 원래부터 이곳에 살고 있었다는 말입니까?"

"그렇습니다. 처음 주황색 등급의 이면공간이었던 이곳에 정착해서 초록색 등급으로까지 만든 것이 우리 조상들이었지요."

"아니, 그런데 지금은 왜 이런 상황이 된 겁니까?"

세현은 이곳을 카피로 종족이 경영했었다는 말에 흥미를 가지고 물었다.

"그야 당연히 에테르 관리를 잘못했기 때문이지요. 초록색 등급의 코어에서 발생하는 에테르를 적당히 소비하고 변화시켜야 하는데, 당시에 우리 조상들이 그것을 등한시했던 것입니다.

그러다보니 결국 땅이 드러나고, 드러난 땅에서 몬스터들이 수를 불려갔지요."

"땅이 드러나요?"

세현은 그게 무슨 소리냔 표정으로 되물었다.

"믿기 어렵겠지만 이곳은 저기 보이는 저 산을 빼고는 모두 물에 잠겨 있던 곳입니다. 호수였지요."

"호수였다구요?"

세현은 족장의 말이 믿기지 않았다.

온통 크고 작은 돌들로 이루어진 사막 지형인 이곳이 호수였다니 믿기가 어려웠던 것이다.

"우리 일족은 대부분의 시간을 물속에서 생활하는 종족입니다. 당연히 그에 적당한 지형을 찾아서 정착을 했지요. 그리고 코어를 성장시킬 때에도 그런 방향으로 이면공간의 성장을 유도했고 말입니다."

"그런데 어쩌다가 지금 상황이 된 겁니까? 좀 더 자세히 이야기를 해 주십시오."

이면공간을 경영하는 것에 대해선 세현도 아는 바가 그리 많지 않았다.

하나라도 도움이 될 수 있는 것이 있다면 고개를 숙일 준비가 되어 있는 세현이었다.

"별로 대단한 것은 아니었습니다. 아시겠지만 이면공간을 경영한다고 몬스터를 모두 박멸하는 경우는 그리 많지 않습니다.

몬스터도 쓸모가 있지요."

"그건 저도 알고 있습니다."

"그래서 저희도 물속에 사는 몬스터들을 적당히 관리하며 유지하는 정책을 펼쳤습니다. 때문에 에테르 수치가 유지된다고 생각을 하고 있었지요. 그런데 문제가 있었습니다. 저 산!"

족장이 멀리 흐릿하게 보이는 산을 손가락으로 가리켰다.

족장의 손가락 사이에 갈퀴가 말라서 갈라진 상처가 보였다.

하지만 그것은 주변에 흩어져 쉬고 있는 카피로 종족 모두가 그랬다.

"저 산이 문제였습니다. 처음, 저 산에는 몬스터가 없었다고 합니다. 그래서 조상들도 저 산에는 신경을 쓰지 않았지요. 그런데 저 산에 굴을 파고 사는 몬스터들이 생겨난 겁니다."

"새로운 몬스터가 등장했다고요?"

"그렇습니다. 이전까지 없던 새로운 종류의 몬스터가 우리 일족이 모르는 상황에서 산에 굴을 파고 번성하기 시작한 겁니다. 우리 조상들은 그걸 너무 늦게 알았지요."

"으음."

"조상들은 어느 순간부터 조금씩 물의 수위가 낮아지고 있다는 사실을 깨닫고 상황을 파악하기 위해 노력했다고 합니다. 하지만 이유를 알 수가 없었지요. 결국 조상들은 에테르 수치에 문제가 생겼다는 것을 알고는 수중의 몬스터들을 모두 박멸했습니다. 하지만 그럼에도 에테르 수치는 점차 높아지고 있었지요."

"그게 산에 사는 몬스터들의 수가 증가했기 때문이란 말입니까?"

"맞습니다. 그 때문이었지요. 그리고 그걸 알았을 때는 너무 늦었습니다."

"늦다니요?"

"우리 일족은 물 밖에서는 전투력이 급감합니다. 그래서 산에 사는 몬스터를 효과적으로 처리할 수가 없었지요. 희생이 점점 늘어났습니다."

"으음."

"일족의 수가 줄어들면서 몬스터의 수는 점점 늘고, 그만큼 물의 수위는 낮아지고 몬스터가 살아갈 땅은 늘어나고… 악순환의 반복이었지요."

"그래서 결국은 이렇게 사막이 되어버렸다는 겁니까?"

"그렇지요. 이곳의 에테르 코어는 영악하게도 우리 일족이 물이 없으면 힘을 쓰지 못한다는 것을 알았던 것 같습니다. 그래서 환경 자체를 조금씩 바꾼 거지요. 거기다가 얼마 되지 않는 산에 육지 몬스터를 만들어 배치하는 것으로 일족에게 비수를 꽂은 거지요."

"하지만 제가 알기로는 에테르 코어는 그런 자유 의지를 가지고 있지 않은 걸로 아는데요?"

세현은 카피로 족장의 말에 허점이 있다고 생각하며 물었다.

"모든 에테르 코어가 그런 것은 아닙니다. 분명히 제 의지를 지니고 있는 특별한 코어들이 있습니다. 그리고 그것들은 어떻게든 에테르 기반 생명체들의 세상을 만들기 위해서 애를 쓰지요. 에테르 코어 역시 에테르 기반 생명체의 한 종류로 봐야 합니다."

"하지만 코어가 그런 식으로 의지를 가졌다는 이야기는……."

"믿으십시오. 저희는 분명히 그러한 코어들을 알고 있습니다. 우리 조상들이 살던 세상을 빼앗겼습니다. 그리고 그 세상을 빼앗은 존재가 바로 에테르 코어였습니다. 지금 은인의 세상에도 몬스터가 나타나고 있다면, 그곳에도 의지를 가진 에테르 코어가 있을 가능성이 높은 겁니다."

카피로의 족장은 단호한 어조로 말하며 세현을 바라봤다.

"에테르 기반 생명체들의 세상을 추구하는 존재들, 그 시작이며 끝이 에테르 코어입니다. 스스로 에테르를 만들어낼 수 있는 존재지요."

세현은 카피로 족장의 말에 혼란을 겪고 있었다.

무생물이라 생각했던 에테르 코어 중에서 의지를 가진 것이 있다는 소리는 세현을 놀라게 하기에 충분했다.

그 말이 옳다면 결국 지구에도 그런 에테르 코어가 적어도 하나는 있다는 말이었다.

"그럼 그걸 찾아서 처리하면 되는 겁니까?"

"이면공간에선 불가능하지만 현실에선 가능하지요. 이면공간에선 코어를 처리하면 공간 자체가 사라지게 되니까 선택에 신중해야 합니다. 하지만 현실이라면 다르지요. 무조건 코어를 찾아서 처리해야 합니다."

"그렇군요."

세현은 지구의 몬스터 사태를 해결할 수 있는 방법을 찾은 것 같아서 마음이 들떴다.

하지만 생각해 보니 상황이 좀 다른 것 같기도 했다.

"그런데 제가 사는 지구에는 몬스터들이 이면공간에서 튀어나오는데요? 지구의 어느 곳에서 만들어지는 것이 아니라는 거죠."

세현이 족장에게 조언을 구하기 위해서 상황을 설명했다.

"둘 중 하나겠지요. 이면공간에서 에테르 코어가 지구를 넘보는 것이거나, 지구에 있는 에테르 코어가 이면공간을 만들고 있는 것이거나."

"네? 에테르 코어가 이면공간을 만들어요?"

"아까 말하지 않았습니까. 에테르 코어 중에서 특별한 것이 있다고 말입니다. 의지를 가진 에테르 코어, 즉 에고 코어들이 평범한 다른 하위 코어를 만들어서 통제를 하기도 하지요. 대체로 그런 식인 겁니다. 이면공간이 대체로 안정된 곳은 최상급의 에테르 코어가 확실하게 통제되는 곳이지요. 그런 곳에선 최상급 에테르 코어의 지배를 받는 모든 코어가 균형을 유지하며 이면공간을 관리하는 겁니다."

"그럼 그렇지 않은 곳도 있다는 겁니까?"

"몬스터들의 이면공간, 그러니까 전적으로 에테르 기반 생명체들의 세상이 그런 곳이지요. 그런 곳들도 역시 최상급의 강력한 코어의 지배를 받는 에테르 코어들이 이면공간을 관리하고 있다고 보면 됩니다."

"복잡하군요."

"간단하게 생각하십시오. 절대적인 두 존재가 피라미드처럼 밑으로 몇 단계를 거쳐서 하위 등급의 이면공간을 만들고 또 관리하며 대립하고 있다고 말입니다. 그중에서 우리는 에테르 기반 생명체인 몬스터와 대립하는 쪽에 속해 있는 거지요."

"그 에테르 기반 생명체와의 공존은 불가능한 겁니까?"

세현은 문득 지금도 몬스터들을 일정하게 유지하면서 이익을 얻고 있는 곳들이 많은 것을 떠올리며 물었다.

"그건 모르겠습니다. 에고를 지닌 에테르 코어, 그중에서도 최상급의 코어와 딜을 했다는 이야기를 들은 적은 없어서요."

족장은 자신도 모르겠다는 듯이 고개를 저었다.

그런데 그 사이에 족장의 얼굴은 꽤나 좋아졌다.

물기가 없어서 이리저리 갈라졌던 비늘들이 생기를 품기 시작한 것이다.

세현은 겨우 10리터 정도의 물로 그런 효과를 내는 것이 신기했다.

둘러보니 다른 카로피 종족들도 비늘에 윤기가 돌기 시작하고 있었다.

"그런데 이젠 어떻게 할 겁니까?"

세현이 족장에게 물었다.

"으음… 당분간 숨어 있어야겠지요."

"숨는다고요?"

"우리들은 이면공간 통로를 이용할 수가 없습니다. 그래서 어떻게든 이곳에서 버텨야 하지요."

"아니, 어째서 다른 공간으로 가지 못한다는 겁니까? 모두는 아니어도 한둘 정도는 가능하지 않겠습니까?"

세현은 다른 공간으로 갈 수 없다는 말에 이유를 물었다.

"우리 종족이 이 필드를 제대로 관리하지 못해서 결국 에테르 기반생명체에게 내어 준 결과를 만들었습니다. 그 때문에 벌을 받아서 이동의 자유를 잃은 겁니다."

카로피 족장은 어두운 표정으로 말했다.

"그런 제약도 있습니까?"

"이걸 보십시오. 이게 우리 종족에게 전해진 이면공간 통행증입니다. 이걸 한번 잡아 보시겠습니까?"

카로피 족장이 소매 속에서 손에 꼭 들어갈 정도로 작은 석판 하나를 꺼내서 건넸다.

세현이 그것을 받아들었다.

"어? 이게?"

세현은 자신의 손에 들어오자 흐린 회색에서 푸른색으로 변하는 석판의 모습에 깜짝 놀랐다.

"그런 겁니다. 그 상태면 다른 이면공간으로 가는 통로를 사용할 수 있습니다. 하지만 그게 우리 종족의 손에 들어오면……."

족장이 다시 석판을 세현의 손에서 거두어 갔다.

그리고 동시에 석판은 푸른색을 잃고 회색으로 변해버렸다.

"이렇게 되는 거지요. 사실 다른 곳으로 갈 수만 있었으면 일족 모두가 벌써 다른 곳으로 떠났을 겁니다."

"그렇군요. 그런데 숨는다면 어디로 숨는다는 말입니까?"

세현이 족장에게 물었다.

어딜 봐도 돌과 바위로 이루어진 사막이다.

몸을 숨길 마땅한 곳이 없었다.

"이곳에 숨는 거지요."

족장이 자신의 발밑을 가리켰다.

"땅 속에요?"

"그렇습니다. 그렇다고 무슨 동굴을 파거나 하는 것은 아닙니다. 그저 이걸 목에 두른 상태로 땅에 묻혀 있는 거지요."

족장이 처연한 표정으로 목에 두른 천을 가리켰다.

"하지만 그게 영원한 것은 아니지 않습니까. 그게 말라버리면 어떻게 합니까?"

세현이 물었다.

"그런 상황이 올 때까지 다시 물을 구하지 못한다면 그때는 어쩔 수 없겠지요. 일족 모두가 땅에 묻힌 상태로 멸족의 길을 걸을 밖에요."

"다른 방법은 없습니까?"

세현은 카피로 종족이 안타까웠다.

"간혹 들러서 이렇게 물을 전해 주면 그것으로 우리 일족이 연명은 할 수 있을 겁니다. 우리가 묻혀 있는 곳에 물을 뿌려주면……."

"아니, 그런 방법 말고, 이 상황을 근본적으로 해결할 수 있는 방법을 묻는 겁니다."

세현이 족장의 말을 가로챘다.

"코어를 갈아 치우는 것이 유일한 방법입니다."

"코어를 갈아요?"

"지금 있는 코어를 코어 룸의 중심에서 빼내고, 그곳에 다른 코어를 넣는 겁니다. 그렇게 되면 새로운 코어에 맞춰서 이곳 이면공간의 환경이 바뀔 겁니다. 그렇게만 된다면……."

그렇게 말하는 족장의 눈에서 작은 빛이 살아났다.

세현은 코어 룸에서 코어를 바꾼다는 새로운 정보에 귀가 솔 깃했다.

족장과 세현의 눈이 모두 반짝거렸다.

Chapter 3

카피로 종족의 후원을 결정하고 선물을 받다

"허허허, 물이, 물이 이렇게나 많이……."

"할아버지, 할아버지! 에헤헤헤헤.

첨벙, 첨벙, 첨벙.

카로피 종족의 아이 하나가 커다란 욕조에서 물장구를 치고 있었다.

욕조는 돌로 만들어진 것이지만 충분히 크고 넓었다.

지금 그 욕조 주변에는 카로피 종족 전체가 모여서 제각각 편한 자세로 앉거나 발을 담그고 있었다.

그리고 그중 어린 아이 넷은 욕조 안에 들어가서 유연한 동작으로 헤엄을 치고 있었다.

"허허허. 저 아이, 내 손녀는 태어나서 한 번도 물속에서 수영을 한 적이 없습니다. 허허허허."

웃고 있는 카로피 족장의 눈에 눈물이 가득했다.

다만 눈물이 흘러내리지 않고 얇고 투명한 막에 고여 있어서 눈이 툭 튀어 나온 꼴이 되어 보기가 영 좋지는 않았다.

세현은 슬쩍 고개를 돌렸다.

세현은 카로피 필드라고 이름붙인 이곳에서 이들 카로피 종족을 돕기로 결심했다.

하지만 지금 당장 코어를 구해서 교체하는 것은 어려웠다.

코어가 있을 것으로 예상되는 필드 중앙의 산 쪽으로는 몬스터들의 수가 굉장히 많았기 때문이다.

스스로를 지키기 위해서 에테르 코어가 산을 중심으로 몬스터들을 빽빽하게 배치해 둔 것 같았다.

초록색 등급의 몬스터들 몇이야 세현과 호올이 나서면 처리할 수 있었다.

하지만 수가 많아지면 아무리 세현이나 호올이라도 위험할 수밖에 없었다.

세현은 이곳 필드 공략을 위해서 일정한 숫자 이상의 팀이 필요하다는 생각을 하고 있었다.

물론 그전에 이곳의 에테르 코어와 교환할 에테르 코어를 구하는 것도 중요한 문제였다.

'여기 코어가 에고를 지닌 듯하다는 말이지?'

세현은 카피로 족장과 대화를 나누면서 이 필드의 코어가 초록색 등급이 된 후부터 변했다는 사실을 확인했다.

그리고 그 이유에 대해서 족장은 그때, 코어를 성장시키기 위해서 사용한 코어에 에고가 있었을 거라고 짐작했다.

에고를 지닌 코어를 멋도 모르고 필드의 코어를 성장시키는 제물로 썼는데, 그 에고가 필드를 담당하던 코어로 옮겨 간 것이 분명하다고 족장은 말했다.

"노란색 등급으로 떨어져도, 아니, 지금 상황이라면 빨간색 등급으로 떨어져도 상관없습니다. 그저 새로 출발할 가능성만이라도 생긴다면 그것으로 족합니다."

세현이 도움을 주겠다고 했을 때, 족장은 욕심을 부리지 않겠다고 했다.

그러면서 최하급의 이면공간으로 바뀐다고 해도 상관치 않겠다고 약속했다.

그 말은 이곳 필드를 공략하고 초록색 등급의 에테르 코어를 빼낸 자리에 그보다 하급의 에테르 코어를 끼워 넣어도 감수하겠다는 말이었다.

물론 지금 상황에서 카로피 필드에 대한 한 점의 권리 주장도 할 수 없는 족장이지만, 그래도 세현에게 모든 것을 맡기겠다는 태도는 듣는 사람을 기껍게 하는 것이었다.

"꺄하하하하!"

족장의 손녀라는 아이의 웃음소리가 세현의 상념을 깨웠다.

세현은 자신의 주머니에 들어 있는 석판들을 떠올렸다.

이면공간의 통로를 오갈 수 있는 통행증.

더 이상 카로피 종족이 사용할 수 없는 그것을 세현은 족장에게서 얻어냈다.

족장은 그들이 원래 살았던 호수의 유적에 가면 그보다 많은 석판이 보관되어 있다고 했지만 지금 당장은 몬스터들이 진을 치고 있어서 갈 수가 없는 곳이었다.

"쓸모가 있다면 쓰십시오. 그것이 우리 일족에게 조금이라도 도움이 될 수 있다면 과거의 영광을 추억하는 돌멩이를 품고 있는 것보다는 낫겠지요."

카피로의 족장은 그렇게 말하며 통행패를 세현에게 내줬다.

"호올, 여기 잘 지킬 수 있지?"

세현이 호올을 불러 물었다.

"큰 변화가 없다면 가능하다. 하지만 에고를 지닌 코어가 작정하고 몬스터를 보낸다면 절대 버틸 수 없을 거다."

"그럴 일이 없기를 바라야지. 그런 징조가 보이면 카피로 종족이 숨을 시간을 벌어주고 너도 미래 필드로 도망을 쳐라."

"뭐 그야 어려울 것은 없지. 우리 중에 하나만 통로 입구에 도착하면 나머지는 그 하나에게로 돌아가면 되니까."

온스 종족인 호올은 여럿으로 나누어져 있는 상태에서 개체가 위험한 상황이 되면 곧바로 그 개체를 다른 개체에게 흡수시키는 방법을 쓸 수 있었다.

물론 먼 거리에서 그런 짓을 하게 되면 그만큼 개체가 입는 피해가 커지긴 한다. 하지만 죽거나 소멸을 당하는 것보다는 손해가 적으니 정말 급할 때에만 최후의 수단으로 사용하는 방법이었다.

　호올이 하는 이야기가 바로 그 최후의 수단을 이야기하는 것이었다.

　두 개체로 몬스터를 유인하고 하나의 개체가 미래 필드로 가는 통로에 도착하기만 하면 무사히 돌아갈 수 있다는 소리다.

　"그럼 부탁하자. 지금 우리 둘로는 이곳 문제를 해결하는 것이 불가능하니까 조력자들을 좀 구해야겠다."

　"그럴 수 있다면 좋겠지. 그런데 전에 그 세 사람으론 부족하지 않나?"

　호올은 재한과 나비, 한종국을 생각했는지 조금 염려스런 표정으로 물었다.

　"당연히 그들만으로 될 일이 아니지. 이번에 카피로 종족의 통행증을 제법 확보했으니까 이걸 가지고 딜을 좀 해봐야지."

　세현은 그렇게 말을 하고는 미래 필드로 돌아와 다시 현실로 이동했다.

＊　　　　＊　　　　＊

　"우릴 용병으로 쓰겠다는 건가요?"

태극 길드의 마스터를 대신해서 나온 실장이란 사람이 까칠하게 음성에 가시를 세웠다.

"싫다면 다른 쪽을 찾아보면 됩니다. 나는 태극 길드에 도움이 될 것 같아서 먼저 찾아 온 겁니다."

세현은 그런 실장의 태도에 전혀 굴하지 않았다.

이면공간에서 다른 공간으로 이동할 수 있는 기구의 존재는 이미 널리 알려져 있었다.

특히 트라딧의 천공기사들이 자주 이면공간에서 확인이 되면서 그들이 개량한 천공기에 대한 관심이 높아진 상태였다.

그런데 지금 세현이 말하는 통행증은 천공기와는 상관이 없는 물건인 것이다.

"세현 씨가 오해를 하고 있는 것이 있는데, 이면공간을 건너다니는 것은 오래전부터 알려져 있던 것입니다. 세현 씨의 형님인 진강현 천공기사도 그런 것을 가지고 있었다고 알고 있습니다."

실장은 세현이 지니고 있는 통행증의 가치를 깎아 내리기 위해서 그것이 희귀한 것이 아니라고 말했다.

"그래요? 그럼 제가 잘못 생각한 모양이지요."

세현은 길게 이야기하고 싶지 않다는 표정으로 자리에서 일어났다.

몸을 일으키는 세현의 모습에 가면에 가려진 실장의 눈동자가 떨렸다.

"그냥 가시는 겁니까?"

실장은 최대한 침착을 유지하며 세현에게 물었다.

"태극에서 관심이 없다면 다른 쪽을 알아보면 될 일입니다. 그러고 보니 외국에서 알아보는 것도 좋겠군요. 어차피 한 번 들어와서 일을 마치고 돌아가면 다시 마주칠 일이 없는 외국 팀이 더 깔끔할 수도 있겠습니다. 괜히 태극에 맡겼다가 나중에 우리 쪽 이면공간에 관심을 보이면 곤란하지 않겠습니까?"

"지금 우릴 어떻게 보고 그런 말을 하는 겁니까? 거기다가 이면공간을 넘나들 수 있는 것을 다른 나라에 넘기겠다니 그게 할 말입니까?"

"가치에 따른 판매는 자유 경제 시장에서 당연한 논리인 것입니다. 국가나 민족을 위한 희생은 개인의 선택이지, 국가나 민족이 강요할 수 있는 것은 아니지요. 웃기지 않습니까? 하고 싶지 않은 희생을 강요하면서 그게 뭐 그리 대단히 영예로운 일인 것처럼 개소리를 하는 거 말입니다."

"무, 무슨?"

"내가! 하고 싶어서 하는 희생이나 기부는 몰라도 국가나 민족을 내세운 얼간이들의 말장난에 넘어가 줄 생각은 없다는 말입니다. 실장님!"

세현은 말을 마치고는 곧바로 등을 돌렸다.

"자, 잠깐."

뒤에서 태극 길드 실장의 목소리가 들렸지만 세현은 무시했다.

'미친 것들!'

[음음. 세현 화났어! 못된 것들! 음!!]

*　　　　*　　　　*

"어쩐 일로 다시 보자고 하셨습니까? 뵐 일이 없을 거라고 생각했습니다만?"

"미안하게 됐네. 그 참, 실장, 그 친구 아직 덜 다듬어진 모양이야. 뒤를 맡기려고 키우는 중인데 일처리가 아직 매끄럽지 못하더군."

"그래서요? 태극 실장님이 제게 했던 행동에 대해서 사과라도 하시렵니까?"

"하하, 그것 참. 많이 꼬인 모양이구먼."

"꼬일 것은 없습니다. 다만 거래에서 가격을 후려치는 것도 스킬인데 그걸 어처구니없이 하는 사람을 봐서 기분이 상했을 뿐이지요."

"끙! 알겠네. 내 정식으로 사과하지."

"됐습니다. 사과를 받거나 말거나 어차피 달라지는 것이 뭐가 있겠습니까."

"요즘 미국 쪽과 거래를 트고 있다고?"

세현의 말에 태극 길드 마스터는 더는 사과 운운하는 것을 때려치우고 곧바로 본론으로 들어갔다.

"용병들이 필요한 일이 있으니까요."

"그 대가로 내어놓은 것이 이면공간 통행증 열두 개란 거고?"

"태극 길드와는 달리 그쪽에선 관심들이 있는 것 같더군요."

"끄응! 그 거래 우리와 다시 하면 안 되겠나?"

태극 길드 마스터는 결국 항복을 선언하듯이 약간은 사정하는 투로 세현을 보며 말했다.

"곤란합니다. 거래란 신뢰가 중요하지요. 지금 이야기를 진행하고 있는 쪽과 틀어지지 않는 이상, 그쪽에 우선권이 있습니다."

하지만 세현은 태극 길드 마스터의 사정을 고려해 줄 의리 같은 것은 없다고 생각하고 있었다.

"거래라고 하지 않았나? 전에 자네가 내게 진 빚을 갚으려면 거래의 무게 추가 맞겠나?"

결국 태극의 길드 마스터는 이전 부동산 구입 등에서 세현 등에게 도움을 준 것을 언급하고야 말았다.

세현은 길드 마스터의 그 말에 얼굴이 조금 굳었다.

빚을 졌다고 생각했던 것은 맞았다.

하지만 여기서 태극 길드의 마스터가 그것을 거래 조건으로 내세울 거란 생각은 하지 못했다.

"빚이라… 그렇지요. 빚이 있지요. 좋습니다. 그 빚을 갚겠습니다."

"오호, 고맙네."

"그러니 이제부턴 정당하게 경쟁을 하십시오. 미국 쪽보다 나은 조건을 가지고 오시면 태극과 계약을 맺지요."

"음? 그게 무슨 소린가?"

태극 길드의 마스터가 세현의 말에 깜짝 놀라며 되물었다.

그는 당연히 세현이 태극과 거래를 하겠다고 할 줄 알았던 것이다.

"제가 진 빚으로 태극에서 얻는 이익은 이번 경쟁에 참가할 기회를 다시 얻는 것뿐이란 말입니다."

세현은 자신이 빚이 그 정도면 충분히 상쇄될 수 있을 정도라고 생각했다.

작은 빚도 빚이지만 그것을 침소봉대를 할 이유는 없었다.

"크음, 그렇단 말인가? 하긴 마음의 빚이란 것이 그것에 진 사람이 무게를 다는 것이지 빚을 지운 사람이 달 수 있는 것은 아니지. 자네가 그것이면 된다 여긴다면 그럴 수밖에."

"섭섭하다 하셔도 어쩔 수 없는 일이지요. 아무튼 제가 내놓을 대가는 아까 말씀하신 그대로 이면공간 통행증 열두 개입니다. 그 대가로 받고 싶은 것은 전투 인원이고, 목표는 초록색 등급의 필드에서 코어룸을 확보하는 것입니다."

"코어룸 확보라?"

"그것을 위해서 실력 있는 천공기사가 필요합니다. 최대 인원은 쉰입니다."

"그 말은 통행증이 그만큼 있다는 소리겠군?"

"글쎄요. 숨길 일은 아니지만 그렇다고 대놓고 그렇다고 할 일도 아닌 것 같습니다만."

"쉰 명의 천공기사로 초록색 등급의 전투 필드 코어룸을 확보한다? 또 다른 정보는 없나?"

"계약 이후에 더 내어놓을 정보는 있습니다. 다만 말씀드리고 싶은 것은 최대한 정예로 꾸려야 한다는 것입니다. 일반 전투 필드와는 크게 다를 수 있다는 점은 먼저 말씀드리죠."

"일반 전투 필드와 다를 수 있다? 흐으음."

태극 길드 마스터는 세현의 말에서 뭔가 알아차린 듯이 안색이 어두워졌다.

"알겠네. 사람들을 한 번 뽑아 보고 후에 우리 측에서 동원할 인원에 대한 대략적인 정보를 전해 주지."

"저희도 비교해 보고 좋은 쪽으로 선택을 하겠습니다."

세현은 태극 길드 마스터에게 그들에게 특별한 어드밴티지를 주지 않을 것임을 냉정한 어투를 통해서 확실히 드러냈다.

태극 길드 마스터는 실장을 세현과 만나게 했던 것이 실수였음을 통감했다.

의욕이 앞서서 길드의 이익을 크게 하려다가 세현에게 완전히 찍혀버린 꼴이 되었다.

"그나저나 초록색 등급의 전투 필드, 그곳의 코어룸을 확보하려는 이유가 뭔지 그게 궁금하군."

태극 길드 마스터는 요즈음 이면공간보다는 현실에 더 치중하는 상황을 떠올렸다.

당장 현실의 상황이 다급하다보니 이면공간에 대한 것은 살짝 뒤로 미뤄 둔 상황이었다.

그런 중에 세현과 재한 등의 미래 길드는 뭔가 새로운 것들을 개척하고 있는 듯했다.

배반의 크리스마스 이후로 침체되어 있던 이면공간 개척에 미래 길드가 발 빠르게 진출하고 있음을 태극 길드 마스터는 주목하고 있었다.

'통행증도 중요하지만 그들이 가지고 있는 정보도 큰 가치가 있어. 될 수 있으면 우리가 함께해야 해!'

태극 길드 마스터는 그렇게 마음의 결정을 내렸다.

협상과 카피로 필드 진입

파란색 등급의 천공기사 여섯, 초록색 등급의 천공기사 마흔넷.

태극 길드에서 세현의 카피로 필드 공략에 함께하겠다고 보낸 천공기사들의 수준이었다.

그에 비해서 미국에선 파란색 등급이 열넷, 나머지를 초록색 등급으로 채워서 팀을 꾸리겠다는 연락이 왔다.

겉으로 보면 당연히 미국 쪽을 택해야 하지만 결국 세현이 선택한 것은 태극 길드였다. 하지만 그 이유가 국가나 민족이란 허울 때문은 절대 아니었다.

미국과 틀어진 것은 그들이 코어룸까지 관여하려는 의지를 보였기 때문이다.

세현은 분명히 코어룸 확보를 조건으로 걸었지만, 그 이면에는 코어룸까지 정리가 끝난 후에는 용병들이 철수하는 것으로 되어 있었다. 하지만 미국 쪽에선 미래 길드가 코어룸을 확보하고 그 안에서 어떤 일을 하려는지 반드시 확인하겠다는 의지를 꺾지 않았다.

"그렇다면 어쩔 수 없이 그쪽과 함께 일을 하긴 어렵겠습니다."

세현은 마주 앉은 미국 측 대리인에게 분명하게 의사를 전달했다.

"하지만 우리 정도의 전력을 구하는 것은 쉽지 않은 일입니다. 그건 알 텐데요?"

미국 쪽 대리인은 세현에게 자신들의 전력이 강함을 주장했다.

"우리 속담에 이런 말이 있어요. 닭 잡는데 소 잡는 칼을 쓴다고 말이죠. 사실 이번 일에서 그쪽의 전력이 강하다고 꼭 그쪽과 계약을 할 이유는 없어요. 다른 쪽의 전력으로도 우리가 원하는 목표를 달성할 수 있다면 말이죠."

"그래서 태극 길드에서 그 정도의 전력을 보내겠다고 했다는 겁니까? 당신 나라의 몬스터 치안에 구멍이 생길 수도 있는 일인데요?"

대리인은 정말로 태극 길드가 그만한 조건을 걸었는지 의심스럽다는 듯이 물었다.

하지만 세현은 거짓말로 상대를 속일 이유가 없었다.

미국 쪽의 대리인을 만나는 이 자리는 상대의 조건을 수정하게 하려는 목적이 아니었다.

그저 계약을 하지 않겠다고 통보하기 위한 자리일 뿐이다.

통화로도 간단히 할 수 있는 일을 굳이 대리인과 만난 것도 대리인 쪽에서 강력하게 원했기 때문이었다.

"그건 제가 걱정할 일이 아닌 것 같습니다."

세현은 자신이 태극 길드의 사정을 고려할 이유가 없다고 말했다.

"이미 결정이 된 상태라고 봐도 됩니까?"

대리인이 물었다.

"맞습니다. 귀측에서는 우리가 받아들이기 어려운 요구를 했습니다. 우리는 그 요구를 수용하느니 차라리 전력이 조금 약한 태극 쪽으로 택하기로 했습니다. 그게 끝입니다."

"확실히 뭔가 있긴 하다는 말이군요. 미래 길드라고 했지요? 당신들이 코어룸을 확보하고 뭔가 진행하려는 일이 있음은 분명히 알 수 있습니다. 그것도 전투 필드에서 말이죠. 전투 필드는 코어룸에 진입해도 경영이 불가능하다고 알고 있는데, 그 외에 무엇을 할 수 있는지 궁금하군요."

대리인은 세현을 앞에 두고 이제는 속을 감추지 않았다.

"궁금하면 알아보시지요. 뭐 제가 알려드릴 일은 없을 것 같지만 말입니다."

"우리는 미래 길드의 상황을 놓고 몇 가지 가설을 세웠고, 그 가설들을 하나씩 지웠습니다. 그리고 재미있는 결론을 도출해 냈습니다."

"그래요? 결론이 어떻게 나왔을지 무척 궁금하군요."

세현이 팔짱을 끼며 대리인을 쳐다봤다.

지구에 에테르의 농도가 점차 높아지면서 이제는 천공기사들도 현실에서 에테르를 사용하는데 큰 부담을 느끼지 않았다.

때문에 세현 정도의 천공기사라면 제법 강력한 능력자에 속하는 사람이었다.

대리인도 에테르를 사용하는 능력자였지만 세현은 자신이 밀릴 거란 느낌은 들지 않았다.

"지금 미래 길드가 핀 포인트 이면공간을 소유한 것을 알고 있습니다. 그곳이 노란색 등급의 이면공간이었지요? 그런데 이면공간 통로를 이용할 수 있는 통행패를 가지고 거래를 하자고 했지요. 이로서 얻은 결론은 미래 길드의 노란색 등급 이면공간과 연결된 초록색 등급의 이면공간을 공략하려고 한다는 것입니다. 여기까진 맞습니까?"

"그렇다고 하죠. 그거야 용병을 구하기 위해서 이미 밝혔던 내용이라고 할 수 있겠군요."

"그렇습니다. 그런데 초록색 등급의 이면공간을 공략해서 코어룸을 확보한 후, 용병들을 철수를 요구했습니다. 그리고 그 코어룸에서 벌어질 일을 알고 싶다는 저희의 요구에 대해서 무척 민감하게 반응을 했지요. 당연히 우리는 그 코어룸에서 뭔가 하려고 한다는 판단을 내릴 수 있었습니다."

"그게 그쪽의 추리라면 초등학생들도 할 수 있는 추리가 아닌가 싶군요. 그래서요?"

세현은 도대체 무슨 소리를 하고 싶은 건지 알고 싶다는 표정으로 대리인을 쳐다봤다.

"물론 그렇긴 합니다만, 중요한 것은 그 코어룸에서 무슨 일을 할 수 있을까 하는 것이겠지요. 전투 필드의 코어룸, 결국 우리는 미래 길드에서 전투 필드의 코어룸을 경영 가능한 형태로 바꾸는 방법을 알고 있다고 판단했습니다."

"흥미롭군요. 그럼 이제 그 방법만 추리해 내면 되겠군요. 그래서 결론은 뭡니까?"

"……."

세현의 물음에 대리인은 입을 다물었다.

"저는 추리 능력이 없어서 그쪽에서 어떤 생각을 하고 있는지 모르겠습니다. 다만 한 가지 알려드리자면 솔직히 지금 상황에서 국가, 혹은 민족 운운하면서 서로를 배척하는 짓은 의미가 없다는 겁니다. 전 지구적인 위기 앞에서 그게 뭐 하자는 짓인지 모르겠거든요."

"그렇다면 미래 길드는 인류를 위해서 가진 것을 풀어놓을 생각이 있다는 겁니까?"

"하하하. 설마요. 아무리 전 지구적인 위기니 뭐니 해도 결국은 개인들의 욕망을 모두 잠재울 정도는 아닌 모양입니다. 아, 그래도 이건 알고 계시겠지요? 코어 중에서 에고를 지닌 것들이 있습니다. 그리고 지구에 몬스터를 불러들이는 것이 바로 그 코어의 짓이라는 이야기가 있었습니다. 지구를 공략중인 막후의 보스라고 할까요?"

"으음."

"저는 그런 것이 중요하다고 생각합니다. 그것을 추적 섬멸하는 것이 지구의 위기를 극복하는 최선이라고 누군가 그러더군요. 물론 그게 정답인지는 모르겠지만, 그들이 자신들의 세상을 에테르 기반 생명체에게 빼앗긴 경험을 토대로 한 이야기니 마냥 무시할 것은 아니라고 생각합니다. 자, 그럼 저는 이만 일어나지요. 다음에 또 기회가 되면 뵙지요."

세현은 미국 측 대리자에게 그렇게 인사를 하고 자리를 떴다.

"에고 코어의 존재라. 역시 고급 정보들이 하나씩 풀리고 있군. 예전에는 거대 세력들이 독점하고 통제하던 것인데 이젠 그럴 수가 없으니 마구 풀리는 거야. 그나저나 역시 코어 교체에 대해서도 아는 거겠지. 태극도 아니고 겨우 몇 명 되지도 않는 신생 길드가 이면공간 개척에 나섰다는 건가? 진강현의 동생이라……."

세현이 떠난 자리에서 대리인은 혼잣말로 중얼거리며 생각을 정리했다.

＊　　　＊　　　＊

"분명히 말하지만 위험할 수 있는 임무입니다. 우리는 초록색 등급의 전투 필드에서 코어룸을 확보해야 합니다. 물론 코어룸의 위치를 찾는 것은 이쪽에서 할 일입니다. 여러분은 몬스터를 방어 격퇴하는 임무를 맡게 됩니다."

세현이 미래 필드의 서쪽 이면공간 통로 앞에서 태극 가면을 쓴 사람들을 앞에 두고 일장 연설을 하고 있었다.

"그 이야긴 모두 알고 있는 내용 아닙니까?"

파란색 등급의 천공기사로 참가한 실장이 물었다.

이번 계약의 시작부터 세현과 불편하게 얽힌 그는 길드 마스터의 명령으로 이번 작전에서 간부가 아닌 일반 작전 요원으로 활동하게 되었다.

때문에 길드의 이인자에서 일반 요원으로 강등이 된 상황이라 심기가 불편했고, 그것을 알게 모르게 드러내고 있었다.

"모두 알고 있는 이야기에 이어서 중요한 이야기를 하려고 합니다. 이번에 우리가 들어갈 전투 필드에선 몬스터들의 대대적인 단체 행동을 경험하게 될지도 모릅니다. 즉 이번 필드에는 모든 몬스터를 지휘하는 존재가 있을 가능성이 높다는 겁니다."

"그게 무슨? 지금 몬스터들이 체계적인 집단행동을 할 수도 있다는 겁니까?"

"실장님은 경험이 없습니까? 지구에 나타난 몬스터도 특이 몬스터의 경우에는 하위 몬스터들을 끌어 모아서 대장 노릇을 하며 지휘 통제하는 것을 볼 수 있는데 말입니다. 저는 북한산에게 그런 몬스터를 직접 경험했습니다."

"아니, 그거야…"

"지구 현실에서 있을 수 있는 일이 이면공간에서 일어나지 않을 거라는 확신이라도 있는 겁니까?"

"……."

세현은 조금은 강하게 실장을 압박했다.

비록 일반 요원의 자격으로 참가하기는 했지만 태극 길드원들도 그를 쉽게 대하긴 어려운 상황이었다.

때문에 그의 기를 꺾어 놓지 않으면 실제 전투에서 지휘에 문제가 생길 수도 있었다.

실제로 태극 길드의 대원들을 지휘하는 사람은 따로 있는데, 은연중에 실장을 중심으로 움직이려는 모습이 보였다.

세현은 그 꼴을 두고 볼 생각이 없었기에 카피로 필드에 들어가기 전에 실장을 찍어 누르는 중이었다.

"분명히 말씀드리지만 이번에 우리가 들어갈 전투 필드는 무척 위험합니다. 혹시라도 우리 미래 길드의 가이드를 무시하고 행동한다면 우리는 작전을 중지하고 곧바로 철수할 것입니다. 물론 우리 길드의 결정에 따르지 않겠다는 분들이 계시면 그분들은 다시 이곳 미래 필드로 돌아오지 못할 겁니다."

"으음."

세현의 말에 몇몇 대원들의 기운이 흔들렸다.

뭔가 다른 명령을 받은 이들이란 사실을 세현도 짐작할 수 있었다.

"지금 여러분이 대여한 통행증 중에서 열두 개를 제외한 나머지는 작전이 끝나는 것과 동시에 반납해야 함을 잊지 마십시오. 자, 그럼 순서대로 이동하기로 하겠습니다. 그리고 개인 물품과 공용 물품을 구별해서 카피로 필드에 도착하면 곧바로 주둔지 구축에 들어갑니다. 작전을 시작합니다."

"자, 출발!"

세현의 작전 시작 선언에 태극 길드원을 이끄는 팀장이 명령을 내렸다.

그리고 세현을 선두로 태극 길드원들이 속속 이면공간 통로로 뛰어들었다.

태어나 처음으로 이면공간 통로를 이용하는 그들이었지만 조금의 망설임도 없이 몸을 날렸다.

"어휴, 우리도 가자. 뭐가 이렇게 복잡한지."

뒤에 남았던 나비와 재한, 종국이 마지막으로 통로 안으로 들어갔다.

"어서 와! 이햐, 사람이 많네?"

호올이 세현을 마중 나와 있었다.

하지만 어디에도 카피로 종족의 모습은 보이지 않았다.

이미 세현은 그들에게 몸을 숨기도록 부탁해 놓았었다.

카피로 종족에 대한 것은 아직까지 다른 사람들에게 알릴 생각이 없었다.

일단 코어룸을 확보한 후, 용병인 태극 길드원들을 돌려보내고 나면, 그들 카피로 종족과 함께해야 할 일이 있었다.

그리고 그 일은 절대로 다른 이들이 알게 하고 싶지 않은 일이었다.

"어때?"

"평범해. 달리 특별한 반응을 보이진 않고 있어."

"아직 이 필드 전체를 감시하거나 하지는 못하는 모양이지?"

"그렇게 봐야 하지 않을까? 하긴, 그게 가능했으면 그들이 아직까지 살아 있을 수는 없었겠지."

호올은 둘의 대화를 다른 이들이 듣지 못하도록 신경 쓰면서 말했다.

세현이 카피로 종족에 대한 정보 유출을 극도로 경계하고 있다는 것을 알고 있었기 때문이다.

"저 사람이 미래의 또 다른 길드원입니까?"

그때, 태극 길드의 팀장이 세현 곁으로 다가오며 물었다.

"지구인은 아니지만 우리 길드에 속해 있는 길드원은 분명합니다."

"실력이 어떨지 궁금하군요. 실제로 이면공간의 주민들의 전투력은 굉장하니까 말입니다."

팀장은 호올에게 호승심이라도 느끼는 듯이 말했다.

"파란색 등급의 천공기사께서 이제 겨우 초록색 등급에 머무는 이면공간 주민의 능력을 시험할 생각은 아니시겠지요? 거주하고 있는 이면공간의 등급이 그 이종족의 실력을 말하는 경우가 많은데 말입니다."

"하하하. 그야 그렇지만 저는 어쩐지 그게 전부는 아닐 것 같아서 말입니다."

팀장은 세현의 말을 웃음으로 얼버무리며 호올을 쳐다보고 자신의 팀원들을 향해 돌아갔다.

"하여간 하나같이 정보 계통에 있던 사람이란 티를 낸단 말이지. 뭘 그렇게 캐내려고 하는지 원."

세현이 혀를 찼다.

"세현, 뭐해? 길드 마스터라고 지금 우리만 일하라고 하는 거야? 그런 거야?"

나비가 길드원들이 머물 천막을 세우며 세현에게 고함을 질렀다.

세현이 서둘러서 천막을 세우는 곳으로 달려가 힘을 보탰다.

"잘되어야 할 텐데 말이지."

호올이 그 모습을 보며 혼잣말을 하다가 눈을 감고 명상에 잠겼다.

카피로 필드 수복 작전

사람의 수가 많다는 것은 여러모로 유리한 점이 많다.

양 팔뚝과 종아리가 비정상적으로 굵은 몬스터들이 무기를 들고 덤벼들었지만 쉰 명이 넘는 공격대의 화력을 감당하지는 못했다.

세현은 굳이 앙켑스를 사용하지도 않았다.

나타나는 몬스터의 수가 많아야 이십여 마리 정도가 고작인 상황에서 앙켑스를 쓸 필요가 없었다.

특히 파란색 등급의 천공기사들의 활약은 그들이 정예 중에 서도 정예임을 실감하게 했다.

시퍼렇게 혹은 새하얗게 또는 진홍빛으로 타오르는 강기가 간혹 빛을 발하면 몬스터들이 어김없이 얼마 버티지 못하고 쓰러진다.

강기가 얼마나 강력한 공격 수단인지 다시 한 번 상기시키는 광경이 아닐 수 없다.

카롸롸락, 쿠와와왁, 키롸락!

하지만 그럼에도 몬스터들의 공세는 멈추질 않는다.

"정말 저기에 있을까? 코어룸?"

호올이 세현을 보며 물었다.

원래 카피로 종족이 이곳을 관리할 때는 코어룸이 호수 바닥에 있었다고 한다.

그런데 어느 순간 주도권을 빼앗긴 뒤, 코어룸이 원래 있던 자리에서 사라졌다는 것이다.

그 뒤로 카피로 종족은 코어룸을 찾기 위해서 호수 전체를 이 잡듯이 뒤졌지만 결국 찾지 못했고, 산 정상에 코어룸이 있을 거라는 짐작을 하게 되었다고 했다.

그곳을 빼고는 찾아보지 않은 곳이 없으니 당연한 일이었다.

"거길 빼고는 모두 조사했다고 했잖아."

"아니, 그 사이에 또 다른 곳으로 옮기진 않았을까 하는 거지."

"코어룸이 그렇게 쉽게 옮길 수 있는 건 아닐 거야. 거기다가 원래 카피로 종족의 코어룸도 산에서 그리 멀지 않은 곳에 있었다고 하니까, 에고를 지닌 코어가 몸을 피하고자 했다면 산 쪽으로 가는 것이 당연했겠지. 그 후로는 위협을 느낀 적이 없으니까 옮길 필요도 없었을 거고."

"그래, 그랬으면 좋겠다. 기껏 갔는데 '여기가 아닌가벼'이려면 곤란하지."

세현과 호올의 대화를 듣고 있던 재한이 이야기에 끼어들었다.

지금 태극 길드의 전투원들이 한창 몬스터를 처리하는 중에 세현과 재한, 호올은 뒤쪽에서 유유자적 하고 있었다.

그러다가 생각이 나면 한 번씩 스킬을 사용하는데 재한은 몬스터의 에테르 스킨을 흡수하는 스킬을 사용하고, 세현은 마법진을 이용한 원거리 공격을 썼다.

호올은 그런 두 사람의 호위를 평계로 곁에 붙어 있는 중이었다.

사실 아직까지는 태극 길드, 쉰 명의 천공기사만으로도 충분히 길을 열고 있으니 굳이 나설 필요를 느끼지 않는 것이다.

쿠콰콰콰콰! 우콰콰콰!

하지만 산에 가까워지면서 상황이 조금씩 바뀌기 시작했다.

등장하는 몬스터의 수가 배는 늘었고, 그중에서 머리 하나 정도는 더 큰 몬스터의 비율도 늘어났다.

태극 길드원들도 바짝 긴장을 하며 진형을 견고하게 했다.

"제법 원거리 공격자들의 수가 많네?"

세현은 몬스터가 늘어나면서 방어 진형을 펼친 태극 길드의 길드원들이 이전과 달리 원거리 공격을 시작하는 모습을 보고 말했다.

검이나 도를 사용하거나 혹은 방패를 곁들여 쓰는 이들이 전면에서 몬스터들의 공격을 막아내고 있었다.

그리고 그 진형 안쪽에 있는 이십여 명의 길드원이 활이나 총, 지팡이 같은 것을 들고 원거리 공격을 했다.

"총이네?"

세현이 흥미로운 눈빛으로 총을 쓰는 다섯 명의 길드원들을 바라봤다.

"그냥 총이 아니야. 이거랑 비슷한 거지."

재한이 세현에게 돌비틀 부족의 공격 무기를 내보이며 말했다.

세현이 돌비틀 부족에게서 몇 개를 얻어서 재한에게 준 것이었다.

평소에 석궁을 쓰던 재한은 세현이 돌비틀 부족의 무기를 보여주자, 곧바로 주력 무기로 삼았다.

돌비틀 종족이 파란색 등급의 몬스터를 사냥하는 무기였다.

그것도 에테르를 어느 정도 다룰 수 있다면 사용하는 것이 그리 어렵지 않은 범용 무기였다.

다만 에테르 소비가 많아서 마구 사용할 수가 없다는 것은 아쉬운 점이었다.

"저런 것도 나왔어? 그런데 왜 모르고 있었지?"

세현은 에테르를 이용한 총기에 관심을 보이며 물었다.

"모르긴 뭘 몰라? 전에 이야기했잖아. 일반인들도 몬스터 사냥에 나서고 있다고. 그 사람들이 쓰는 무기가 저런 종류야. 저기 지팡이 보여? 저것도 비슷하지. 물론 저들은 에테르 성질이 각자의 무기에 어울리게 특화된 이들이라 더 나은 위력을 보이는 것이기도 하지만."

"그렇지. 아무래도 원거리 공격을 하기 위한 에테르는 좀 성질이 다르지. 거기다가 지팡이 쪽의 원소 공격과 총화기 쪽의 물리 공격도 에테르 활용법이 다르겠고."

세현은 에테르의 성질에 따라서 적합한 무기가 다를 거라고 짐작했다.

물론 에테르 자체를 주얼에 의지하는 일반인들에게 해당 사항이 없는 내용이지만.

"잘 아네. 그런 거야. 그래도 저 활을 쓰는 사람들이 정통이지. 처음부터 활로 실력을 다져왔을 테니까."

세현의 말에 맞장구를 치면서 재한은 활을 쓰는 열 명의 태극 길드원을 바라봤다.

그중에는 여섯 명의 파란색 등급 천공기사 중 한 명이 끼어 있었는데, 그의 화살이 새파랗게 빛을 내며 날아가면 어김없이 한 마리의 몬스터가 쓰러지고 있었다.

"강기를 만드는데 시간이 좀 걸리긴 하지만 굉장한 위력이야."

재한이 홀린 듯이 말했다.

그러면서 자신의 돌비틀 막대를 바라봤다.

사실상 위력으로 따지면 강기를 사용하는 천공기사와 비슷할 수도 있는 무기였다.

하지만 도구에 의존한 자신과 오로지 실력으로만 저런 위력을 내는 궁수를 비교할 수는 없다는 생각에 재한의 어깨가 처졌다.

"자자, 끝났다. 확인하고 정리해!"

한바탕 싸움이 끝났다.

꽤나 많은 몬스터가 몰렸지만 그런 중에 죽은 천공기사는 없었다.

다만 여기저기 조금씩 상처를 입은 이들이 있었다.

전부가 전면에서 몬스터를 막아서던 근접전 담당자들이었다.

그때, 세현이 움직이기 시작했다.

세현은 앙켑스를 이용해서 부상자들의 회복력을 끌어올렸다.

상처가 난 곳에 응집되어 치료 능력을 보이는 기운의 양을 확 끌어 올리는 앙켑스는 부상자들의 치료에 큰 효과가 있었다.

창상이나 절상 같은 것들은 눈에 보일 정도로 빠르게 아물었다.

경상을 넘어서 중상으로 보이는 상처도 세현의 앙켑스를 받으면 한 시간 정도 지나면 거의 회복이 되는 정도였다.

"대단한 능력입니다. 그런 능력이라면 잘린 팔다리도 붙일 수 있겠습니다."

태극 길드의 팀장이 세현에게 다가오며 말을 걸었다.

"아직까지 그런 경험은 없습니다. 그리고 근육이나 피부에 비해서 뼈의 복원 속도는 무척 느립니다. 그래서 잘린 부분을 다시 붙이는 것이 성공할지는 알 수 없습니다."

"으음. 그렇습니까?"

"사실 잘못 맞춰진 뼈를 그대로 두고 제가 치료 능력을 사용하면 도리어 부작용이 있을 수도 있습니다. 아시겠지만 잘못 붙은 뼈는 장애의 원인이 될 수도 있으니까요."

"그건 그렇지요. 그래도 이렇게 부상을 빠르게 치료할 수 있어서 다행입니다. 말씀하신 것처럼 몬스터들의 움직임이 달라지고 있어서 걱정을 하고 있었는데 말입니다."

"저기 저 산이 목적지입니다. 아마도 점점 더 많은 몬스터가 몰려들 거라고 생각됩니다."

세현은 필드의 중앙에 있는 산을 바라보며 말했다.

"으음, 그렇군요."

팀장은 가면 뒤에서 무거운 음성으로 대꾸했다.

몬스터들의 공세가 매서워서 앞으로의 일이 걱정인 것이다.

"하지만 이제부터는 우리 길드도 적극적으로 전투에 참여할 테니 조금은 도움이 될 겁니다."

세현은 힘을 내라는 뜻으로 그렇게 말했지만 팀장은 미래 길드의 다섯 길드원이 뭔가 대단한 전력 증가를 가지고 올 거라는 기대는 하지 않고 있었다.

하지만 팀장의 그런 생각은 미래 길드의 다섯 사람이 본격적으로 전투에 참가하면서 씻은 듯이 사라졌다.

세현의 앙켑스와 재한의 흡수 스킬은 몬스터들을 처리하는 시간을 비약적으로 줄여주었다.

거기다가 꼼짝도 않던 호올이 갑자기 셋으로 나뉘어서 몬스터들을 공격하자 태극 길드원들을 놀람은 극에 이르렀다.

한 사람이 셋으로 나뉠 수 있다는 것을 상상도 못했던 것이다.

거기에 한종국과 나비도 이전보다 더 힘을 내고 있었다.

특히 나비는 그동안 숨기고 있었던 에테르 스킨을 가르고 들어가는 스킬을 사용하기 시작하면서 다른 이들에 비해서 몇 배는 빠르게 몬스터들을 처리했다.

"이건 상상 이상이군."

"그렇습니다. 미래 길드, 겨우 다섯이 더해졌을 뿐인데 전투는 몇 배로 쉬워졌습니다."

팀장과 실장이 속삭이듯 대화를 나누었다.

존대를 하는 쪽은 팀장이었다.

아무리 일반 대원으로 참가했다고 하지만 실장의 위치를 무시하기는 어려운 것이다.

"진세현, 저자의 스킬이 무섭군. 몬스터들의 에테르 스킨을 무력하게 만들다니."

"고재한의 스킬도 비슷합니다. 단일 개체에 대한 것이긴 하지만 에테르 스킨을 빠르게 흡수해서 걷어내고 있습니다. 저기, 계나비의 검법 스킬도 특이하고 말입니다."

"단순히 운이 좋았던 것이 아니란 말이지. 나름 능력들이 있는 이들이야."

"그렇습니다."

"그나저나 도대체 이곳을 차지하려는 이유가 뭘까? 미래 필드란 곳만 하더라도 충분하지 않나? 아직까지 다섯밖에 되지 않는 인원으로 이곳을 욕심낼 이유가 없을 텐데?"

실장은 태극 길드에서 궁극적으로 알아내고자 하는 문제를 거론했다.

"길드의 정보 분석원들도 이곳을 굳이 공략할 이유가 없다고 판단하고 있습니다. 억지로 생각해 보자면 미래 필드에서 다른 통로로 개척 가능한 곳이 없을 수도 있습니다."

"그러니까 미래 필드에서 이어지는 다른 이면공간들이 없을 수도 있다. 이곳 말고는?"

"아니면 여기보다 등급이 높아서 위험한 경우도 있을 수 있지요."

"그래서 어떻게든 성장을 하려면 다른 곳과 이어지는 통로가 필요하니 이곳을 점령하겠다는 생각을 했다는 건가?"

"이곳 지형이 사막이니 지형환경으로는 별로 쓸모가 없습니다. 이런 곳을 굳이 차지하려고 하는 이유가 그것 이외에는 없을 것 같다는 분석입니다. 이곳에 특별한 자원이 묻혀 있지 않다면 말입니다."

"쯧, 이번 일이 끝나고 나면 어떻게든 미래 길드 저들의 목에 고삐를 채워야 하는데 말이지."

"네?"

"우리가 이용할 수 있으면 좋지 않겠나? 실력도 있으니까 말이지."

"하지만 마스터께서 될 수 있으면 마찰을 피하라고 하셨습니다."

팀장이 실장의 위험한 생각에 제동을 걸고 나섰다.

"아아, 알아. 당장 내가 뭘 어떻게 하겠다는 건 아니야. 그냥 기회를 봐서 틈이 보이면 해보자는 거지. 성공하면 좋지 않겠어? 솔직히 저들을 현실에서 대 몬스터 작전에 동원하기만 해도 꽤나 좋은 성과가 나올 것 같지 않나?"

"그야 그렇지만 그 문제는 우리 태극이 전담하고 있지 않습니까."

"겨우 균형만 맞추는 거잖아. 좀 더 가시적인 성과를 내려면 저런 자들을 부릴 필요가 있는 거지."

"있으면 도움이 되기는 하겠지만…."

팀장은 그렇게 말을 하면서도 불안한 표정으로 실장을 바라봤다.

그는 실장이 성과에 목을 매고 있다는 사실을 알고 있었다.

실적을 쌓아서 차기 길드 마스터의 자리를 확고하게 하고 동시에 대외적인 인지도도 높이고 싶어 하는 실장이었다.

팀장은 실장이 마스터가 되면 대원들의 가면을 벗길 것임을 알고 있었다.

사실 그 때문에 실장을 따르는 이들이 많은 것도 사실이었다.

가면 속에 얼굴을 감추고 국가와 민족을 위해서 헌신하는 것이 태극 길드였다.

하지만, 그보다는 얼굴을 드러내고 자신이 한 일에 대해서 정당한 평가를 받고 싶어 하는 이들이 많았다.

실장은 그런 욕구를 가진 이들을 포섭해서 끌어들이고 세력을 키우는 중이었다.

팀장 역시 실장의 그런 계획에 은근히 기대를 가지고 있었다.

그는 가족들에게 자신이 어떤 일을 하고 있는지 떳떳하게 말하고 싶은 가장이었다.

죄를 짓는 것도 아니고 국민들을 위해서 헌신하면서 집에서는 자랑스러운 아버지와 남편이 될 수 없다는 것에 불만을 느끼고 있었던 것이다.

"자, 계속 갑시다. 이제 산기슭에 도착했습니다. 앞으로 더 많은 몬스터가 등장할 것으로 예상되니 각오를 해야 할 겁니다."

전투가 끝나고 전장 정리가 마무리 되고 있었다.

실장과 팀장은 다시 자신의 역할을 하기 위해 움직이기 시작했다.

Chapter 4

카피로 필드의 산을 향해서

콰과광! 콰르르르릉!

"피, 피핫!"

"크아악!"

"커억!"

"뭐야? 이게 어떻게 된 거야?!"

태극 길드의 요원들이 여기저기 바닥을 구르고 있었다.

그중에 몇은 죽었는지 살았는지 움직임이 없었다.

"마, 막아!"

"젠장할!"

쓰러진 동료를 구하기 위해서 태극 길드원들이 달려 나갔다.

쓰러진 이들은 대부분 원거리 공격을 위해서 중앙에 모여 있던 이들이었다.

그리고 그들을 공격한 것은 몬스터들의 원거리 공격이었다.

불덩이와 번개를 쏘는 몬스터들의 등장을 예상하지 못해서 피해가 컸다.

"큰일이군!"

세현이 급하게 앞쪽으로 나섰다.

"뭐 하는 겁니까?"

팀장이 앞쪽으로 나서는 세현을 보며 소리를 질렀다.

지금까지 세현은 뒤에서 앙켑스를 쓰거나 혹은 마법진으로 공격을 하는 전형적인 원거리 딜러의 모습을 보였다.

그런 세현이 앞으로 나서자 혹시라도 세현에게 문제가 생길까 걱정이 되어 소리를 지른 것이다.

"그냥 두십시오! 몬스터들의 마법 공격을 막기 위해 나선 겁니다!"

그런 팀장을 재한이 말렸다.

"마법 공격을 막아요?"

팀장이 재한의 말에 의문을 표하며 세현을 바라봤다.

그때, 마침 몬스터 쪽에서 불덩이가 날아오기 시작했다.

퍼버벙! 퍼벙! 콰릉 콰르릉!

하지만 불덩이는 세현의 전면에서 모두 터져 나갔고, 이어서 빠르게 쏘아져 오던 번개도 뭔가에 막힌 듯이 굉음과 스파크를 허공에 뿌리며 사라졌다.

"어, 어떻게?"

팀장은 깜짝 놀라서 입을 벌렸다.

몬스터들의 마법 공격은 등급이 높아지면 자연스럽게 접하게 되는 것이다.

하지만 그런 공격은 피하거나 혹은 에테르를 이용한 장비로 상쇄시키는 방법 이외에는 대처법이 없었다.

그런데 세현은 마법 자체를 방어하는 능력을 보이고 있었다.

"우리 길드 마스터가 제법 쓸모가 많은 사람이지요."

재한이 또 한 마리의 몬스터에게서 에테르 스킨을 흡수하면서 팀장에게 말했다.

팀장은 그런 재한의 말에도 대꾸를 하지 못하고 있었다.

[음음. 난 굉장하다고!]

'그래. 맞아. 우리 '팥쥐' 굉장하지. 암.'

세현은 우쭐해하는 '팥쥐'에게 칭찬을 아끼지 않았다.

그리고 제법 멀리 떨어진 곳에서 공격을 하고 있는 원거리 몬스터를 바라봤다.

다른 몬스터들과 생긴 것이 크게 다르지 않았는데 손에 날붙이 무기가 아니라 지팡이를 들고 있다는 것이 달랐다.

돌로 만든 지팡이 끝에는 반쯤 가공된 보석이 박혀 있었는데, 그 보석에 따라서 공격 방식이 다른 듯했다.

"원거리 공격은 내가 맡습니다. 그러니 그쪽은 신경 쓰지 말고 앞에 있는 몬스터에 집중하십시오."

세현이 고함을 질러 태극 길드원들의 주의를 환기시키고 곧 바로 앙켑스를 원거리 몬스터들에게 시전했다.

그리고 다시 '팥쥐'의 도움을 받아서 에테르 마법진을 허공에 그렸다.

이번에 그린 마법진은 번개 속성의 마법진이었다.

에테르 소비가 큰 대신에 연속 공격 속도가 빠르고 강력한 데미지를 줄 수 있는 마법진이었다.

[음음. 난 대단하기도 하지. 음!]

'그래. 굉장하고 대단하지.'

[음. 훌륭하기도 해! 지금도 열심히 하고 있어.]

'그래. 고맙다.'

'팥쥐'가 훌륭하다고 하는 것은 주변을 탐색하는 능력을 말하는 것이었다.

그러니까 '팥쥐'는 코어룸을 찾기 위해서 열심히 주변을 살피고 있다는 말을 하는 것이다.

"어디, 앙켑스에 걸린 상태로 얼마나 버틸 수 있나 볼까?"

세현은 두 손을 뻗어서 마법진에 에테르를 쏟아붓기 시작했다.

파츳 파츳 파츠츠츠츳!

팔뚝만 한 크기의 번개 다발이 연속으로 몬스터들을 향해 쏟아졌다.

에테르 스킨을 지닌 몬스터들에게 마법 공격에 대한 저항력은 기본적인 것이다.

하지만 앙켑스에 의해서 에테르 스킨이 약해진 몬스터들에게 세현의 번개 공격은 재앙이나 다름이 없었다.

몬스터들은 무리를 지어 모여 있다가 단체로 번개 공격의 재물이 되었다.

쿠롸롸락 쿠롸아아!

지팡이를 들고 있던 몬스터들이 떼를 지어 무너져 내렸다.

세현은 일단 원거리 공격을 어느 정도 무력화시키곤 곧바로 쓰러진 태극 길드원들을 치료하기 위해 움직였다.

"음, 부상이 심하군요."

세현은 아직도 정신을 차리지 못하고 쓰러져 있는 네 명의 태극 길드원을 보며 얼굴이 굳어졌다.

그중에는 방어구의 보호를 받지 못한 손이나 얼굴에 심각한 상처를 입은 이도 있었고, 내상이 심각한지 연신 피를 뿜어내는 이도 있었다.

"부탁합니다. 어떻게든 후송할 수 있을 정도라도……."

활을 든 태극 길드 천공기사가 세현에게 고개를 숙이며 부탁을 했다.

원거리 공격수들 중에서 파란색 등급으로 제일 실력이 뛰어난 대원이었다.

"최선을 다하겠습니다."

세현은 대답과 함께 부상자들에게 앙켑스를 사용했다.

앙켑스 에테르가 부상자들의 몸 안에 들어가 그들의 생명력을 북돋워주고 회복에 필요한 에너지로 변했다.

그러자 겉으로 보이는 작은 외상들은 급속히 치료가 되기 시작했다.

"오오, 다시 봐도 대단하군요."

지켜보던 파란색 등급의 원거리 천공기사가 감탄사를 터뜨렸다.

"이것도 만능은 아닙니다. 회복력을 높이고 생명력을 증가시키긴 하지만 그 모든 것은 이분들의 것을 뽑아 쓰는 것이니까요."

세현은 자신의 앙켑스가 만능이 아님을 다시 한 번 강조했다.

앙켑스에 사용된 에테르가 환자에게 도움을 주기는 하지만 그래도 빠른 회복에 사용되는 힘의 근원은 환자 자신이었다.

체력과 기력의 저하, 근력 감소 등의 부작용이 있을 수밖에 없다는 것을 강조하는 것이다.

"그야 그렇겠지요. 그래도 죽을 목숨을 붙들어 놓은 것이 어딥니까. 살아남기만 한다면야 상처 정도는 충분히 회복할 수 있으니까요."

"그야 그렇죠. 이면공간은 기적이 넘치는 세상이니까요."

"그렇죠. 이면공간이 없었다면 일반 대원이 손가락이 사라지고 귀가 뜯긴 상처를 복원하는 것은 꿈도 못 꿨을 테지요."

"그런 면에서는 세상이 참 좋아졌다고 하는 사람들도 있더군요. 지구나 인류의 멸망이 예전보다 훨씬 더 가까워져 있다는 사실은 모르고 말입니다."

세현은 그렇게 말하곤, 다시 부상자들을 치료하는데 집중하기 시작했다.

'지구에 에고를 지닌 에테르 코어가 있을 수도 있다는 것을 아는 이들이 얼마나 있을까.'

세현은 그래도 고급 정보를 취급하는 이들은 대부분 알고 있을 거란 생각을 했다.

"원거리에서 마법 공격을 하는 몬스터들이 등장한 것은 예상 밖이었습니다."

"그렇지요. 덕분에 중상자가 생겼고, 후송 조치를 하느라고 열두 명의 결원이 생겼습니다."

네 명의 부상자를 후송하기 위해서 여덟 명의 대원이 움직였다.

때문에 부상자 포함 열두 명의 전력 이탈이 있었다.

"그래도 미래 길드 마스터께서 마법 공격에 적절하게 대처를 해주시는 덕분에 추가 피해는 막을 수 있어서 다행입니다."

태극 길드의 팀장이 세현에게 살짝 고개를 숙여 보였다.

"지금은 같은 목적을 위해서 움직이는 한 팀입니다. 서로 협조하는 것이 당연하지요. 그런 것으로 고맙다느니 인사를 받을 일은 아닙니다."

세현은 슬쩍 손사래를 치며 팀장의 감사인사를 고사했다.

일행들은 한바탕 전투를 치르고 산기슭의 평평한 장소를 찾아서 숙영지를 세우고 휴식을 취하는 중이었다.

마법 공격을 하는 몬스터까지 등장해서 한바탕 전투를 치른 후, 몬스터들의 공격은 소강상태였다.

하지만 주변 정찰을 한 결과 몬스터들이 산의 정상 쪽으로 모여들고 있는 것이 확인이 되었다.

때문에 코어룸이 그쪽에 있을 거란 심증이 더욱 굳어진 상태였다.

"전력에 누수가 생긴 상태에서 우리들은 선택의 기로에 섰습니다. 지금 있는 인원으로 목적지까지 강행 돌파를 할 것인가, 아니면 미래 필드로 간 인원들이 다시 돌아올 때까지 이곳에서 기다릴 것인가를 선택해야 합니다."

태극 길드의 요원들을 책임진 팀장이 세현과 미래 길드원들을 보며 그렇게 의견을 냈다.

"결정이 쉽지 않군요. 시간이 지날수록 모여드는 몬스터의 수가 많아질 것 같으니 지금 힘을 모아서 뚫고 가는 것이 좋을 것 같지만, 또 그렇게 하기엔 빠져나간 전력이 크니 말입니다."

세현은 말을 하면서도 파란색 등급의 궁수 천공기사가 이 자리에 없는 것이 무척 아쉬웠다.

그는 후송 대원들의 안전을 위해서 함께 떠났던 것이다.

"그러니 이 작전의 책임자이신 미래 길드 마스터의 결정이 필요하다는 말입니다."

세현이 결정을 하지 못하고 망설이자 실장이 불쑥 끼어들었다.

세현은 실장의 태극 가면을 무심하게 바라보았다.

일반 대원 자격으로 참가한 사람이 이런 자리에 끼어들 자격이 있느냐는 무언의 질책이었다.

하지만 실장은 그런 세현의 압박을 완전히 무시했다.

"만약 미래 길드 마스터께서 결정하기가 곤란하다면……."

"아닙니다. 저는 후송을 떠났던 분들이 돌아오는 것을 기다리는 쪽을 택하겠습니다."

세현은 실장이 뭐라고 더 말을 하기 전에 결정을 내렸다.

어차피 부상자 후송이 끝나면 그들은 곧바로 이쪽으로 합류하려 할 것이다.

그런데 그런 그들을 버려두고 이쪽에서 성급하게 움직이다간 뒤따라 온 그들을 위험하게 만들 가능성이 높았다.

"그렇게 되면 지금 몰려드는 몬스터들 때문에 이번 작전의 목적을 달성하기 어려울 수도 있습니다만?"

실장은 세현의 결정이 마음에 들지 않는다는 듯이 말했다.

"그렇다고 후송팀을 무시하고 이쪽 본대가 움직였다간 후송팀을 위험하게 할 수도 있습니다. 더구나 후송팀의 전력이 여기에 합류하는 것이 차후 몬스터들을 상대하는데 더 나을 거란 판단이기도 합니다."

"저는 그와는 의견이 다릅니다만……."

"팀장님, 저분의 의견이 팀장님의 의견입니까? 이제부터 태극 길드의 지휘권이 저분에게 있다고 봐도 됩니까?"

세현은 실장이 다시 말을 시작하자 곧바로 팀장을 보며 물었다.

실장이 자격이 있느냐를 팀장에게 묻는 것이다.

"그게… 그렇습니다. 실장님께서 이곳 인원들의 지휘권을 가지고 계십니다."

세현은 팀장의 대답이 급조된 것임을 어렵지 않게 알 수 있었다.

사실상 세현의 질문을 받은 팀장은 선택을 해야 했던 것이다.

실장을 아주 밀어내거나 혹은 실장에게 힘을 실어주거나.

그런데 결국 팀장은 실장에게 힘을 실어주고 자신의 지휘권을 실장에게 넘기는 선택을 했다.

"그렇군요. 뭐 그에 대한 책임이야 팀장님께서 지시면 될 일이고. 자, 그럼 실장님이라고 부를까요? 실장님의 생각이란 것이 뭔지 알고 싶군요."

세현의 시선이 실장에게로 향했다.

"당연히 몬스터들이 더 모이기 전에 치고 올라가야 한다는 거지요. 지금 몬스터들이 모여드는 것이 심상치 않습니다. 이런 상황에서 이후에 몬스터를 뚫고 간다는 것은 위험합니다. 차라리 빠르게 치고 들어가 코어룸을 확보하는 것이 최선이라고 봅니다."

"그렇지요. 그 생각이 틀린 것은 아닙니다."

세현은 일단 실장의 생각에 찬성의 뜻을 보였다.

"하지만 그렇게 하기 위해서 중요한 것이 한 가지 있습니다. 뭔지 아시겠지요?"

"알고 있습니다. 제 말대로 하기 위해선 반드시 목표가 확실해야 하지요. 즉 코어룸의 정확한 위치가 필요하단 말입니다.'

실장은 세현의 질문에 자신만만하게 대답했다.

세현은 혹시나 실장이 이곳 카피로 필드의 코어룸 위치를 파악한 것이 아닌가 하는 생각이 들어 의구심 가득한 눈빛으로 실장을 바라봤다.

카피로 필드의 코어룸

"때론 모험이 필요하기도 한 법입니다."

하지만 실장의 입에서 나온 말은 세현을 실망시키기에 충분했다.

"모험이라고요? 지금 사람들의 목숨이 달린 문제를 모험이란 말로 진행하려는 겁니까?"

"어차피 우리들은 이곳 필드에서 코어룸을 확보하는 의뢰를 받아서 와 있습니다. 그것이 미래 길드의 의뢰였고, 우리들은 그 의뢰를 완성해야 할 필요가 있지요."

"으음."

"당연히 우리들이 이 일을 하는 이유는 보수 때문입니다. 미래 길드에게 내놓겠다고 했던 열두 개의 이면공간 통행증. 그것을 위해서 우리 태극 길드의 천공기사들이 이곳에 와 있는 겁니다. 미래 길드 마스터께서 이곳 코어룸의 확보에 실패해도 보수를 지급하겠다면 우리가 모험을 할 이유는 없겠지요. 설마 그렇게 하시겠습니까?"

세현은 실장의 질문을 듣고 자신이 궁지에 몰렸음을 깨달았다.

계약대로 하자면 실장의 모험을 막을 명분이 없어진다.

더구나 실장이 조금 전에 했던 말로, 미래 길드가 알량한 대가로 태극 길드원의 목숨을 샀다는 인상을 심어주었다.

실장이 그렇게 태극 길드원들의 마음을 끌어가고 있었던 것이다.

"맞습니다. 목표 달성을 위해서 희생을 각오하는 것은 우리 길드에선 자주 있는 일이지요. 저도 실장님의 생각에 동의합니다."

팀장이 실장의 말에 힘을 실어주었다.

세현은 실장의 독단을 막을 방법이 없다고 판단했다.

아예 작전을 취소하고 계약된 통행증를 주지 않는 이상은 방법이 없었다.

"으음."

"뭘 그렇게 고민하는 거야? 저들이 원하는 대로 해줘. 실패한 다면 그 책임은 저들이 지겠지."

호올이 세현을 보며 말했다.

"너야 후퇴가 어렵지 않으니 그런 말을 하는 거지. 우리는 자 칫하면 모두 죽을 수도 있어."

세현이 호올을 처음으로 부러운 눈빛으로 바라봤다.

그러면서 자신도 정말 급하면 비상 탈출을 할 방법이 있다는 사실을 생각하며 재한과 나비, 종국을 한 번씩 바라봤다.

"그렇다면 어떻게 하자는 겁니까? 여기 인원 전부가 전력을 다해서 치고 올라가자는 겁니까? 그래서 코어룸이 어딘지도 모르면서 정상을 향해 가자고요?"

세현이 다시 한 번 실장을 압박했다.

어쨌건 구체적인 목적지가 없다는 것은 돌파를 강행하는데 가장 큰 걸림돌임은 분명했다.

"물론 코어룸의 정확한 위치는 우리가 알 수 없습니다. 하지 만 어차피 우리가 진행할 방향은 산의 정상 아니었습니까? 그리 고 코어룸를 찾아내는 것은 우리 태극 길드의 임무가 아니었던 것으로 알고 있습니다만?"

하지만 실장은 도리어 코어룸을 찾는 것은 미래 길드의 역할 이 아니냐는 반문을 던졌다.

"지금 몬스터들과 전투를 치르는 중에 코어룸을 찾아내란 말입니까? 그게 가능하다고 생각하는 겁니까?"

세현이 실장을 보며 화난 목소리를 높였다.

"역할을 분명히 하자는 거지요. 우리는 전투 임무를 맡은 거고, 코어룸은 미래 길드의 일이었지 않습니까."

세현은 '그럼 앞으로 우리 길드원은 몬스터와의 전투에서 소극적으로 나서겠다.'고 한마디를 해주고 싶은 것을 꾹꾹 참았다.

"우리는 계약대로 코어룸 확보를 위한 작전을 진행할 것입니다. 그러니 미래 길드 여러분도 여러분의 일을 해주시기 바랍니다."

실장은 의기양양한 목소리로 세현을 재촉했다.

"너무 성급하게 일을 진행하려는 것 같아서 불안하군요. 하지만 실장님의 주장이 전혀 근거가 없는 것은 아니죠. 몬스터들이 점점 모여들고 있다는 점도 간과할 수는 없으니까요. 세현 마스터. 태극 길드의 뜻에 따르죠?"

나비가 가만히 듣고 있다가 세현에게 실장의 뜻대로 하자고 권했다.

사실상 일은 그렇게 진행될 수밖에 없는 상황이 되어 있었다.

그런 중에 나비가 세현에게 권하고 세현이 허락하는 방식이 되면 궁지에 몰려서 어쩔 수 없이 끌려가는 것보다는 나은 인상을 남길 수 있었다.

나비도 그것을 생각해서 미래 길드의 마스터인 세현을 돕기 위해 나선 것이다.

재한과 종국 역시 나비와 같은 생각이란 듯이 세현과 눈이 마주치자 고개를 끄덕여 보였다.

"좋습니다. 갑시다."

결국 세현이 허락을 하고 말았다.

*   *   *

악전고투.

산의 정상으로 향하는 길은 몬스터들의 중첩이었다.

결국 사방이 포위된 상태로 몬스터들을 밀어내며 앞으로 전진하는 지경까지 이르고 말았다.

세현이 원거리 마법 방어를 하지 못했으면 전멸을 해도 몇 번을 했어야 할 상황이었다.

몬스터들의 마법 공격이 사방에서 터져 나가며 화려한 불꽃을 피웠다.

그런 중에 태극의 천공기사들은 일행을 보호하며 산의 정상 쪽으로 몬스터를 밀어 올렸다.

[음! 음음음!! 훌륭해!]

그런 중에 드디어 '팥쥐'의 밝은 의지가 세현의 뇌리로 쏟아졌다.

'찾았어?'

[음음! 난 굉장하고 훌륭해! 음음음!!]

'어디야?'

세현은 에테르 마법진을 이용해서 마법 공격으로 위기에 처한 태극 길드원을 도우면서 '팥쥐'에게 물었다.

막 몬스터의 검에 찍힐 뻔했던 태극의 천공기사가 세현이 쏘아낸 번개 다발을 맞고 경직된 몬스터의 목을 잘랐다.

다행히 에테르 스킨이 모두 걷힌 몬스터여서 후속 위험은 피한 셈이었다.

[음! 거기서 왼쪽, 거기 허공이야.]

"뭐? 그게 무슨?"

세현은 '팥쥐'의 말에 깜짝 놀라서 저도 모르게 혼잣말을 하고 말았다.

'팥쥐'가 말한 곳은 경사가 심한 비탈이 있는 곳인데, 그 허공에 코어룸이 있다는 것이다.

'허공? 딱히 무슨 매개체도 없이 코어룸의 입구가 떠 있다고?'

[음. 아니야. 잘 보면 있어. 허공에 새겨진 마법진. 음음. 대단한 방법. 나와 비슷해. 음.]

'그래? 네가 쓰는 방법과 비슷하게 허공에 에테르 마법진을 펼쳐놓았단 말이지?'

[음! 맞아. 훌륭한 내가 찾았어. 음음.]

'잘했어. 역시 네가 최고야.'

세현이 '팥쥐'를 칭찬하고 모든 사람들이 들을 수 있도록 목소리를 높였다.

"왼쪽 비탈로 이동!"

"무슨 소리야? 정상으로 가지 않고?!"

세현의 목소리에 실장이 발끈했다.

태극 길드원들에게 세현이 명령을 내린 것에 거부감을 느낀 것이다.

"코어룸이다! 움직여!"

하지만 세현은 실장의 말에는 신경도 쓰지 않고 소리를 질렀다.

선두에서 길을 열던 태극 길드원들이 세현이 말한 방향으로 이동하기 시작했다.

"코어룸을 찾았다고? 대단한데?"

호올이 세현 곁으로 다가와서 호흡을 정리하며 말했다.

그런 중에도 또 다른 한 명의 호올은 몬스터와 열심히 싸우고 있었다.

다른 한 명의 호올은 지금 이곳에 없었다.

산 아래, 몬스터들을 피해서 몸을 숨기고 있는 중인 것이다.

만약의 사태가 벌어져도 산 아래에 있는 호올 덕분에 호올이 죽는 일은 벌어지지 않을 것이다.

그것이 온스 일족의 대표적인 구명 수단이었다.

세현 일행이 코어룸의 입구가 있는 비탈로 접근하자 몬스터들의 공격이 더욱더 격렬하게 변했다.

콰과과과과과과과! 쿠르르르르르릉! 확확확확확확!

세현이 코어룸의 입구가 바로 밑에 도착했을 때에는 비탈의 건너편까지 몬스터들이 나타나서 마법 공격을 퍼부었다.

아예 일행들 모두를 마법으로 날려 버리겠다는 듯이 엄청난 마법이 허공을 가득 채우면서 날아들었다.

[음음! 음음!! 음!!!! 위험! 하지만 난 굉장한 거야. 굉장해! 굉장하다고!!]

'팥쥐'가 그 엄청난 마법 공격 앞에서 각오를 다지듯이 의지를 뿜어내며 천공기에 쌓여 있던 기운을 일거에 끌어 모아서 방어를 시작했다.

"위험하다. 다 못 막을 수도 있으니 마법 공격에 주의해라!"

세현이 고함을 질렀다.

그리고 그 목소리가 끝나기도 전에 태극 길드원과 미래 길드원들을 감싸는 반구형의 방어막이 생겼다.

적어도 그 안에 있던 이들은 모두가 그렇게 생각했다.

하지만 실제론 방어막이 만들어진 것이 아니라 일정한 거리에서 엄청난 마법들이 폭발하고 소멸하다보니 딱 거기에 막이 있는 것처럼 착시를 일으킨 것이었다.

투콰과과광! 퍼버버벙! 퍼벙! 지이잉!

수많은 색이 허공에서 요란스럽게 명멸했다.

세현은 그것을 여유롭게 감상할 시간이 없었다.

머리 위에 마법진이 있었다.

눈에 보이진 않아서 '팥쥐'의 마법진과는 조금 달랐지만 '팥쥐'의 마법진에 익숙한 세현의 감각에 코어룸으로 들어가는 입구 마법진이 흐릿하게 느껴졌다.

'위치만 알면 되는 거지.'

하지만 그 정도로도 충분했다.

코어룸의 입구에는 누구든 에테르를 주입하면 입구가 열리게 되어 있었다.

세현이 손을 하늘로 뻗어서 원거리 앙쳅스를 사용하던 방법을 사용해서 에테르를 마법진에 주입했다.

우우우우웅! 우웅!

순간 거짓말처럼 세현의 앞쪽으로 커다란 입구가 모습을 드러냈다.

"코어룸 입구다!"

실장이 고함을 질렀다.

"모두 빠르게 코어룸 입구로 진입한다. 서둘럿!"

팀장이 고함을 질렀다.

세현은 어쩔 수 없이 코어룸 입구로 몸을 던졌다.

그 뒤를 호올과 나비, 종국, 재한이 따르고, 이후로 태극 길드의 천공기사들이 뛰어들었다.

그렇게 모두가 사라진 자리에는 여전히 코어룸의 입구가 남아 있었지만 몬스터들은 그 입구로 들어가지 못하고 사라진 목표를 찾지 못해 멍청한 상태로 서 있었다.

*   *   *

"음. 그래도 운이 좋았다. 코어룸까지 몬스터는 없는 것 같다."

호올이 먼저 몸을 움직여 30미터 정도 떨어진 코어룸까지 확인을 하고 와서 전했다.

태극 길드의 천공기사들은 필드에서 안쪽으로 몸을 피한 다음에는 조용히 있었다.

전투가 벌어지지 않는 이상, 그들이 할 일은 이제 없다고 봐야 하는 것이다.

실장과 팀장은 어떻게든 코어룸 안으로 들어가고 싶은 모양이었지만 복도가 길게 있어서 은근슬쩍 묻어가는 것도 불가능한 상황이었다.

"그럼 우리는 일을 보고 나오겠습니다. 아시겠지만 여기서부터는 여러분이 간섭할 수 없는 영역입니다. 계약을 기억하시고 오해가 있을 수 있는 행동은 자제해 주시기 바랍니다."

세현은 실장과 팀장을 중심으로 모여 있는 태극 길드원들에게 그렇게 말을 하고는 자신의 길드원들과 함께 코어룸으로 향했다.

이번에도 한 명의 호올이 통로에 남아서 태극 길드의 천공기사들을 감시하기로 했다.

다른 한 명의, 호올이 코어룸 안으로 들어가니 굳이 둘이 함께 갈 이유가 없었다.

코어룸의 모습은 미래 필드의 코어룸과 별반 다르지 않았다.

다만 등급이 한 등급 높은 탓에 코어룸의 규모가 비례적으로 커졌고, 거기에 쓰인 마법진들의 복잡성 역시 늘었다.

웅웅웅!

치지지지지직 치지지지지직!

세현이 길드원들과 함께 코어룸에 들어서자 중앙에 있는 원뿔형의 기둥 끝에 놓여 있는 코어에서 요란한 소리와 함께 전기가 뿜어져 나왔다.

"저건 또 뭐야? 원래 코어가 저러는 거냐?"

재한이 물었지만 세현은 고개를 저었다.

"에고를 지니고 있으니 마지막까지 저항을 하겠다고 벼르는 거겠지."

"그나저나 저걸 빼내고 거기다가……."

호올이 흥미로운 눈빛을 세현에게 던졌다.

세현은 등에 지고 있던 작은 가방에서 상자를 꺼내 뚜껑을 열었다.

"어렵게 구했지만 등급이 노란색이야."

세현이 아쉽다는 듯이 말했다.

"전에 특이 몬스터 잡으면서 나왔던 초록색 코어를 쓸 수 있으면 좋을 텐데, 그거 실험실에서 고정으로 설치를 해버려서 뺄 수가 없었다."

재한이 미안한 듯이 말했다.

"뭐, 어쨌건 교환하고 나오는 저 초록색 코어는 내가 쓰기로 한 거다?"

세현이 길드원들에게 다시 한 번 확인을 했다.

"그래. 그렇게 하기로 했으니까 네 맘대로 해. 근데 너, 저걸 어떻게 뽑을래? 아주 죽어라 전기를 뿜어내고 있는데?"

재한이 걱정스러운 얼굴로 세현을 보며 물었다.

하지만 세현은 태연한 얼굴로 노란색 코어를 들고 코어룸의 중앙으로 걸어갔다.

파츠츠츠츠츠!

에고가 있을 것으로 짐작되는 코어가 전기를 더욱 강하게 뿜어냈다.

에고 코어? 쯧쯔. 음음!

파츠츠츠츳!
덥썩!
파츠츠츠칫!

세현은 전기를 뿜어내는 코어를 손으로 덥석 집어 들었다.

그리고 코어를 빼낸 자리에 빠르게 노란색 등급의 코어를 올려놓았다.

전기를 뿜어내는 코어를 잡은 손에는 두꺼운 장갑을 끼고 있었다.

"전기 따위야 뭐······."

세현은 코웃음을 쳤다.

순간 코어 룸 전체가 비명을 지르는 것처럼 요동을 치기 시작했다.

우우우웅 우우웅 우우우우웅!

드드드드득 드드득!

"어엇? 이거 잘못되는 거 아냐?"

"아저씨! 말이 씨가 된다는 말이 있습니다. 좀 조용히 해요!"

"재한, 너 왜 우리 아저씨한테 뭐라고 해!"

"어이구!"

코어의 교체는 어려운 일이 아니었다.

하지만 교체되는 상황에서 코어가 뽑혀 나가고 거기에 새로운 코어가 들어가면 코어 룸과 코어 사이의 동조 과정이 필요하다.

지금 코어 룸에서 일어나는 소동은 바로 그 과정에서 비롯된 것이었다.

"밖엔 난리가 났겠다."

호올이 무심히 중얼거렸다.

지금 카피로 필드는 세상이 무너졌다가 다시 만들어지는 듯한 충격을 받고 있을 것이다.

물론 이면공간이 완전히 무너지는 것은 아니어서 숨어 있는 카피로 종족이 크게 위험할 일은 없을 거라고 세현 등은 생각하고 있었다.

애초에 그 정도는 예상하고 벌인 일이었다.

우우우웅 우우우웅 우우우웅!

시간이 흐르고 진동이 조금씩 잦아든 코어 룸에선 계속해서 에테르가 흐르는 소리가 들렸다.

너무도 많은 에테르가 한꺼번에 마법진에서 움직이다보니 그 파동 때문에 기음(奇音)이 나는 것이다.

"그래도 다행이네. 코어 룸의 규모가 어느 정도는 유지가 되는 것 같으니."

세현이 속으로 안도의 한숨을 쉬며 말했다.

어떤 경우에는 코어 교체가 실패할 수도 있다고 했다.

그럴 때는 이면공간 전체가 무너지게 되고 이면공간에 있던 이들은 여기저기 맞닿아 있는 이면공간으로 떨어지게 된다는 것이다.

일단 그런 최악의 상황은 피했고, 거기다가 코어 룸의 변화가 크기 않은 걸로 봐서는 더 좋은 결과를 기대할 수도 있을 듯했다.

우웅 우우웅 우웅! 스화화화확!

그때, 힘겹게 코어 룸과 동조 작업을 하던 노란색 코어에서 밝은 빛이 쏟아져 나왔다.

"어엇? 뭐야? 무슨 일이야?"

"글쎄? 뭐지?"

순간 다섯 사람의 시선이 모두 코어에게로 몰렸다.

"아, 새, 색이 변하고 있어. 코어가 초록색으로 바뀌는 거야!"

나비가 깜짝 놀라서 소리를 질렀다.

"정말이다. 노란색 코어가 초록색으로 변하고 있어. 코어가 성장을 한다더니 정말이네?"

재한도 깜짝 놀란 표정을 감추지 못했다.

코어의 성장은 그도 세현에게 처음 들었고, 보는 것도 처음이었다.

"아마도 이곳이 원래 초록색 등급 중에서도 꽤나 성장을 잘한 이면공간이었던 모양이네. 그러니까 코어를 교체했는데도 노란색 코어가 초록색으로 변했지."

호올이 나름 분석을 내놓았다.

"그게 아니면 마스터가 구해온 노란색 등급의 코어가 의외로 내실이 꽉 찬 놈이어서 한계까지 차 있던 코어가 초록색 코어 룸과 이면공간의 도움을 받아서 성장을 했을 수도 있을 테지."

한종국이 턱을 쓰다듬으며 말했다.

그렇게 다섯 사람은 한창 변화의 극을 보이는 코어에서 눈을 떼지 못했다.

"뭐, 성장 요인이야 몇 가지가 겹쳤을 수도 있는 거고. 어쨌거나 다행이지. 이면공간의 등급이 떨어지지 않게 되었으니 말이야."

세현은 상황이 무척 마음에 든다는 표정으로 웃었다.

"그런데 밖에 환경은 어떻게 변하는 거야?"

나비가 세현을 보며 물었다.

새로 교체한 코어가 어떤 자연 환경을 구축했던 코어인지에 따라서 앞으로 카피로 필드의 변화 방향이 정해질 것이다.

물론 지금 당장 밖에서 큰 변화가 생기진 않았을 것이다.

도리어 코어가 뽑혔던 짧은 순간에 이면공간이 어지럽게 흔들렸을 테니 여기저기 무너진 곳이 많을 터였다.

하지만 그런 곳도 시간이 지나면 다시 코어의 조율을 받아서 균형을 찾으며 환경에 변화가 생길 것이다.

"카피로 종족이 살기에 좋은 환경이었으면 좋겠는데 그건 나도 장담을 할 수가 없네. 듣기로는 내가 구한 노란색 등급의 코어가 나온 곳이 일반적인 전투 필드였다고 하니까 숲과 개울, 산과 언덕 등이 있는 곳이었겠지."

세현도 그 부분에선 자신이 없었다.

코어만 보고 그 코어가 구축하고 관리한 자연 환경을 알아낼 방법은 없었던 것이다.

"이렇게 고생을 했는데, 카피로 종족이 잘 지낼 수 있는 환경이었으면 좋겠군."

"그래도 당분간은 고생을 해야 할 거야. 아직도 이곳 필드에 쌓인 에테르 수치는 그렇게 낮아진 것이 아니야. 코어를 바꿨지만 이면공간 자체가 지닌 에테르 수치까지 거의 이어졌을 테니까 말이야."

"몬스터는 여전히 많이 있을 거란 말이지?"

재한이 굳은 표정으로 물었다.

"그럴 거야. 그래도 앞으로 우리가 카피로 종족과 함께 이곳 필드를 관리하면서 에테르 수치를 낮추면 되겠지."

"제발 작은 저수지라도 있었으면 좋겠네."

세현의 대답에 나비도 조금 걱정스런 음성으로 말했다.

카피로 종족에게 무엇보다 필요한 것이 그것임을 알고 있었기 때문이다.

"여길 카피 종족에게 관리하게 하면 조금씩 그들에게 어울리는 환경으로 바꿀 수 있을 거야. 코어는 그것을 관리하는 종족의 염원에 반응한다고 하니까 말이지."

"세현, 그건 모르는 거다. 그 코어가 반응을 하는 건지, 아니면 그보다 위에 있는 절대적인 힘이 개입을 하는 건지는."

세현의 말에 호올이 반론을 제기하고 나섰다.

"그래. 그야 뭐, 어쨌건 지금으로선 상관없는 이야기지. 자, 일단 목표 달성은 했으니까 밖으로 나가서 태극 쪽과 계약을 마무리하자."

세현이 일행을 이끌고 코어 룸 밖으로 이동하기 시작했다.

[음음! 나 굉장하고, 대단하고, 훌륭했어!!]

'팥쥐'가 그런 세현에게 강력한 의지로 어필을 시작했다.

'그래, 알아. 수고 많이 했어.'

[음음. 나, 수고 많이 했어!! 음!!!]

세현은 그렇게 말하는 '팥쥐'의 의지에서 뭔가 바라는 것이 있음을 강하게 느꼈다.

그리고 세현은 '팥쥐'가 군침을 흘릴 것을 가지고 있기도 했다.

'이건 위험해. 에고가 있는 거라서 너한테 위험할 수 있어. 잘 알아보고 처리를 해야 해.'

세현은 '팥쥐'에게 단호하게 자신의 뜻을 전했다.

[음! 아냐. 나는 굉장하고 대단하고 훌륭해! 그래서 내가 이겨! 괜찮아!]

하지만 '팥쥐'는 세현의 걱정을 간단하게 부정하며 고집을 부렸다.

'팥쥐'에게선 어떻게든 초록색 등급의 에테르 코어를 흡수하고 말겠다는 강한 의지가 느껴졌다.

'너, 파란색 등급의 에테르 주얼까지 흡수했잖아. 그래서 이거 흡수를 한다고 해서 더 성장하는 것도 아니면서 왜 고집을 부려?'

[음음. 더 굉장하고 대단하고 훌륭할 수 있어. 세현, 도움을

안 받고도!]

'그야 그렇겠지.'

'팥쥐'는 세현의 도움이 없이도 노란색 등급까지 흡수한 코어의 힘을 사용할 수 있었다.

거기에 초록색 코어를 흡수하게 되면 혼자 쓸 수 있는 힘이 그만큼 상승하게 되는 것이다.

때문에 '팥쥐'가 강력한 의욕을 보이는 것이기도 했다.

'에고를 이긴다고?'

[음음! 내가 이겨! 난 굉장하고 대단하고 훌륭해!]

'난 네가 걱정되어서 그러는 거야. 정말 아무 문제없는 거야? 확실해?'

[음! 음음음!!]

'팥쥐'는 세현에게 확실하다고 자신했다.

세현은 강력한 '팥쥐'의 의지를 전해 받으며 생각에 잠겼다.

'다른 것을 구해 주는 쪽이 좋을 것 같은데……'

하지만 그렇게 하기에는 '팥쥐'가 보내는 의지가 너무 강했다.

어떻게든 초록색 코어를 자신이 가져야 한다는 확고하고 강렬한 의지가 세현을 위협하고 있었다.

*　　　*　　　*

세현 등이 코어 룸에서 나오자 태극 길드의 길드원들이 우르르 몰려왔다.

"일은 잘 마무리가 되었습니다. 태극 길드의 여러분들의 임무는 성공했습니다."

세현이 그런 태극 길드원들에게 임무의 성공을 확인해 주었다.

"우와아아!!"

"예쓰!!"

"좋았어!"

세현의 말에 조마조마하게 결과를 기다리던 이들이 환호성을 올렸다.

"자, 그럼 밖으로 나가겠습니다. 밖에 몬스터들이 몰려 있을 수도 있으니 각별히 조심하시기 바랍니다."

세현은 코어 룸을 나서면서 모두에게 그렇게 경고했다.

하지만 그들이 밖으로 나왔을 때, 그들 눈앞에 보인 광경은 코어 룸에 들어가기 전과는 사뭇 달랐다.

높았던 산이 절반 정도는 사라지고, 그 자리에 분지가 생겼다.

그리고 그 분지를 둘러싼 비탈에 코어 룸의 입구가 있었다.

그리고 지형이 바뀌었기 때문인지 몬스터의 군집도 사라지고 없었다.

그저 멀리 않은 곳에 몇 마리씩 무리를 지어 있던 몬스터가 코어 룸에서 나온 일행을 보고 달려왔을 뿐이다.

물론 그렇게 달려온 몬스터들은 이전과 달리 무리끼리의 협조가 이루어지지 않았다.

에고를 지닌 코어가 사라진 탓에 본능만 남은 몬스터가 된 것이다.

일행들은 차근차근 몬스터를 처리하면서 미래 필드로 통하는 통로가 있는 곳으로 이동했다.

그렇게 이동하는 중에도 이면공간 전체의 지형이 바뀌고 또 건조했던 기후도 바뀐 것도 어렵지 않게 알 수 있었다.

습도가 높아진 것은 분명했기에 세현은 그나마 카피로 종족에게 좋은 일이라고 속으로 즐거워했다.

일행들은 중간에 부상자를 호위하러 떠났던 이들을 만난 것을 제외하곤 별다른 일 없이 미래 필드로 통하는 통로까지 무사히 도착했고 곧바로 미래 필드로 돌아왔다.

미래 필드에 도착해서는 열두 개의 통행증을 제외한 나머지를 돌려받고 태극 길드원 전체를 현실로 돌려보냈다.

실장이나 팀장 등은 카피로 필드에서 있었던 일에 대해서 뭔가 할 이야기가 있는 듯했다.

하지만 세현은 그들에게 나중에 기회를 만들자는 말로 입을 막고 쫓아내듯 현실로 보내버렸다.

재한과 나비, 종국은 태극 길드원들과 함께 움직였는데, 미래 필드로 들어오는 입구를 관리할 필요도 있고, 지구에서 처리해야 할 일도 있었기 때문이었다.

결국 미래 필드 안에는 또다시 세현과 호올만 덩그러니 남게 되었다.

"난 수련을 해야겠다. 여럿으로 지낸 시간이 길었다. 정리를 해야 한다."

하지만 호올도 세현을 홀로 두고 자신의 거처로 가버렸다.

셋으로 있었던 시간이 길었던 만큼 하나가 되어서 그 경험들을 자신의 것으로 소화할 시간이 필요한 것이다.

물론 세현도 홀로 되기를 내심 기다리고 있었다.

자꾸만 보채는 '팥쥐' 때문에 정신이 없을 지경이었다.

[음! 음!! 난 굉장하고 대단하고 훌륭하니까 정말 괜찮다고! 음음음!]

[음음! 세현! 세현!! 세현!!!!]

[음! 음음음!!]

'그래, 알았어. 알았으니까 그만해!'

세현은 혼자 남자 곧바로 '팥쥐'에게 집중했다.

스르륵!

[음. 정말이야?]

'팥쥐'가 햄스터 모습으로 세현 앞에 현신하며 물었다.

'그래. 그렇게 자신이 있다는데 계속 안 된다고 할 수는 없잖아.'

세현은 너무도 강력한 '팥쥐'의 의지 앞에 무릎을 꿇고 말았다.

배낭의 상자 안에 넣어 두었던 카피로 필드의 에테르 코어를 꺼냈다.

[음! 좋아! 좋아! 음음!]

코어의 모습이 보이자 '팥쥐'의 흥분 지수가 확 하고 치솟았다.

세현은 그런 '팥쥐'의 반응에 피식 웃고 말았다.

짧은 앞발을 바둥거리며 코어에 집중하는 '팥쥐'의 모습은 꽤나 귀여웠다.

"잘할 수 있지?"

세현이 또 한 번 확인하듯 물었다.

세현은 지금이라도 다른 코어를 구해 주겠다고 결정을 되돌리고 싶었다.

하지만 격하게 고개를 끄덕이는 햄스터 '팥쥐'의 모습에 작게 한숨을 쉬고는 코어를 들어서 왼쪽 손목으로 가지고 갔다.

후우우우웅! 쉬리리리리릭!

코어는 잠깐 동안 세현의 천공기 문신에 닿은 상태로 잘게 떨리다가 이내 가루가 되어서 문신 안으로 빨려 들 듯 사라졌다.

작은 소용돌이를 만들며 문신 안으로 빨려 들어가는 초록색의 가루.

[음! 음!! 이제 가! 음음!]

"잘해!"

[음음!!!]

스르륵!

대답과 함께 '팥쥐'가 현신했던 햄스터 모습이 사라졌다.

세현은 언제나 '팥쥐'가 다시 말을 걸어올까 기약 없는 기다림을 시작했다.

'잘되어야 할 텐데…….'

Chapter 5

콩쥐? 팥쥐는 원래 콩쥐를 구박하는 거야!

태극 길드는 세현에게 받은 열두 개의 통행증을 이용해서 조심스럽게 이면공간 탐색을 시작했다.

그들 역시 핀 포인트 이면공간을 출발 거점으로 삼았고, 그곳에서부터 이면공간들이 이어지는 지도를 만들기 시작했다.

재한과 나비, 종국은 현실에서 태극 길드가 미래 길드에 대한 감사나 공작을 시작할 것을 걱정했지만, 그런 움직임은 전혀 보이지 않고 있었다.

미래 길드 산하의 군수 업체에서 생산되는 방어구의 가치를 생각하면 그들도 미래 길드에게 함부로 할 수가 없는 상황이었다.

세상은 여전히 몬스터들의 침략에 맞서며 생존을 위해 피를 흘리는 상황이었다.

비록 몬스터들의 점령지와 인간의 영역이 구별되면서 국지전의 성격으로 변하긴 했지만, 여전히 몬스터가 인류에게 위협이 되고 있음은 분명했다.

그런 상황에서 인지도가 급속하게 오르고 있는 미래 길드의 갑옷 생산 라인은 귀한 대접을 받을 수밖에 없었다.

더구나 미래 길드는 장인 마을 필드의 대리인 역할을 하고 있기도 했다.

대몬스터 작전에서 미래 길드의 역할이 작지 않은 상황에서 태극 길드가 미래 길드와 척을 질 일을 하기는 쉽지 않았다.

그런 중에 재한이 세한을 찾아왔다.

태극 길드의 일이었다.

"협조 요청?"

세현은 미래 필드를 찾아 온 재한에게 무슨 말이냔 듯이 되물었다.

"아무래도 통행증이란 것이 부족하니까 이면공간 탐색과 지도 작성에 어려움이 있는 모양이야."

재한이 태극 길드의 요청을 정리해서 말하기 시작했다.

"우리 길드원이야 몇 되지 않는다는 것을 알고 있으니까 사람을 보내 달라는 말은 아니야. 통행증을 빌려 달라는 거지."

"통행증 대여? 그게 가능할 거라고 생각하는 건가?"

"어차피 우리에게 여유분의 통행증이 있다는 사실을 알고 있으니까 그런 말을 하는 거지."

"진짜 이유는 뭔데?"

세현이 재한의 눈을 바라보며 물었다

"전에 광산 필드 기억나지?"

"그래."

"거기서 다섯 단계를 거치면?"

"천공 길드의 본진이 있지. 하지만 이면공간 통로가 변해서 쓸모가 없지 않나?"

세현은 돌비틀 안에 거주하던 이종족들을 떠올리며 말했다.

"그래도 그쪽 이면공간을 훑어보면 천공 길드의 본진과 연결되는 이면공간으로 통하는 곳을 발견할 가능성이 높다고 생각하는 거지."

"그럴 가능성이야 있다고 치고, 그래서 우리에게 통행증을 빌리고 싶다는 거야?"

"자칫해서 트라딧 놈들을 만나기라도 하면, 전력에서 앞서야 할 필요가 있으니까 최소한의 팀을 구성해서 움직이려는 거지."

"지금 가진 통행증으론 한 팀이 겨우 나올 정도라서 답답하다는 거군? 그래서 그쪽에선 대여비로 뭘 준다는데?"

세현이 재한을 보며 물었다.

"솔직히 이건 미래 길드 전체엔 별 도움이 안 되는 제안이긴 한데, 그래도 세현, 네가 좋아할 것 같아서 일단 받아 오긴 했어."

재한이 그렇게 말을 하며 잠깐 말을 멈추고 세현을 바라봤다.

"개인적으로 내가 좋아할 것?"

"그래. 이전에 진강현 천공기사와 트러블이 있었던 정치인이 있다고 해. 실세였지."

"음. 그래서?"

"그 사람에 대한 정보와 함께 그가 저지르고 있는 불법 행위, 그리고 그가 트라딧이 된 천공 길드와 협조하고 있다는 정황 증거를 주겠다는 거지."

"증거만 주겠다는 거야? 아니면 그자를 잡아주겠다는 거야?"

세현이 재한을 보며 물었다.

"태극에선 여력이 없다고 했어. 이쪽에서 알아서 하라는 거지. 다만 증거를 완벽하게 만들 수 있다면 법의 집행은 태극에서 처리를 해주겠다고 하더군."

"형의 일에 대한 좀 더 자세한 정보. 그리고 그때, 형과 얽혀 있던 사람들에 대한 과거와 현재의 모든 것! 그것들을 준비하면 대여가 아닌 기증으로 열 개를 준다고 해."

세현이 재한에게 흥정은 없다는 듯이 딱 잘라서 말했다.

누구 하나의 정보를 얻자고 통행증을 빌려주는 것은 별로 달갑지 않다는 뜻이었다.

"그냥 대여로 하지? 굳이 줄 필요가 있어?"

하지만 재한은 통행증을 완전히 넘긴다는 말에 아쉬운 표정을 지었다.

"빌려준 걸 언제 받겠다고 할래? 1년? 아니면 2년 뒤에? 작게 주면 작게 받는 거야. 그러니까 가서 말해. 크게 주고 크게 받으라고."

"괜찮겠냐?"

재한이 그런 식으로 통행증을 줘도 되냐고 물었다.

"카피로 필드에는 유적이 있어. 이전 카피로 종족이 번성할 때에 살던 곳이지. 그리고 그곳에는 카피로 종족이 따로 보관하고 있던 통행증이 상자에 담겨 있었지."

"음? 설마 그걸?"

"그래. 지금 그게 원래 있던 자리에 없어. 그러면 없어진 통행증은 어디로 갔을까?"

세현이 웃은 얼굴을 숨기지 않고 재한에게 물었다.

*   *   *

세현은 재한을 돌려보낸 후에 다시 카피로 필드에 들어왔다.

며칠 지나지 않았는데도 카피로 필드는 많은 것이 바뀌어 있었다.

온통 자갈과 바위로만 이루어져 있던 필드 곳곳에 푸른빛이 돌고 있었다.

아직까지는 크게 자란 나무가 보이지 않았지만 군데군데 식물군이 보였다.

"으음."

세현은 그런 모습을 보면서 슬쩍 인상을 찌푸렸다.

보이는 모습은 나쁘지 않지만 이면공간을 경영한다는 것이 쉽지 않다는 것을 느끼는 중이었다.

지금 세현의 눈에 보이는 모든 것은 에테르를 기반으로 이면공간의 코어가 만들어낸 것들이었다.

실제로 에테르 기반 생명체가 아닌 것은 많지 않다는 소리였다.

삭막한 사막 지형으로 오랜 세월을 보낸 카피로 필드였다.

그 안에서 지금까지 살아남은 진정한 생명체는 카피로 종족을 비롯해서 몇 종의 생명체뿐이었다.

"그나마 다행이긴 하지. 코어가 필드를 구성하는데 필요한 것들을 다른 필드에서 가지고 오기도 한다니 말이지."

세현은 카피로 필드에 코어를 바꾼 후에 삭막하기 짝이 없는 필드에 나무와 풀들이 자라고 물이 흐르기 시작했을 때, 진정한 생명체가 없음을 걱정했다.

그런데 카피로 종족의 족장은 필드를 가꾸는 이의 뜻에 따라서 코어가 다른 필드로부터 동식물을 가지고 오기도 한다고 했다.

이를테면 필요한 생명체들을 가지고 와서 필드의 환경을 조성한다는 것이다.

필요한 것들을 하나하나 옮겨 심어야 할지도 모른다는 걱정은 그로써 덜어낼 수 있었다.

"조금씩 호수의 크기도 커지는 것 같으니 다행이네."

카피로 필드의 코어 룸은 카피로 종족이 관리하고 있었다.

코어 룸의 코어를 세세하게 통제하고 이면공간을 입맛대로 바꾸는 것은 불가능했다.

그럴 수 있는 존재가 어딘가 있을지도 모르지만 대부분의 이 종족들은 코어 룸에서 그들의 바람을 코어에게 전하는 형태로 이면공간의 변화를 이끌어낸다.

코어 룸에 드나드는 이들의 의지를 읽어서 코어가 이면공간을 조금씩 변화시킨다는 것이다.

물론 에고를 지닌 코어의 경우에는 그것이 불가능하다고 했다.

에고를 지닌 코어는 그 에고의 성향에 따라서 필드가 바뀌게 되는데, 코어의 에고는 에테르 기반 생명체들의 번성을 바라는 것이 대부분이기 때문이었다.

카피로 필드의 코어 룸을 카피로 종족이 담당하면서 작았던 호수는 조금씩이지만 커지고 있었고, 수생생물의 종류도 늘어나고 있었다.

"이대로 가면 여긴 걱정할 필요가 없겠네. 뭐 카피로 종족도 우리 미래 길드를 은인으로 생각하고 있으니……."

세현은 카피로 종족을 미래 길드의 동맹 조직이나 조금 과장하면 하위 조직 정도로 볼 수도 있다고 여기고 있었다.

사실상 카피로 종족은 미래 길드, 특히 세현을 위해서라면 뭐든 할 수 있다는 마음가짐을 가지고 있었다.

멸족 직전에서 간신히 살아남은 그들로서는 세현이 바라는 것이라면 뭐든 해줄 용의가 있는 것이다.

세현은 주변을 살피고 에테르 호흡을 시작했다.

그리 높지 않은 언덕이지만 주변이 훤히 보이는 곳이라 몬스터가 몸을 숨길 곳은 없었고, 세현이 있는 곳은 몬스터 출몰 지역과는 거리가 멀었다.

때문에 안전하게 수련을 하기에 좋은 장소였다.

두 개의 에테르 서클이 막힘없이 활기차게 돌아가고 있었다.

단지 에테르 서클의 굵기가 조금 빈약했는데, 그것은 얼마 전에 세현이 에테르 호흡법의 2단계를 각성 능력으로 몸에 각인했기 때문이었다.

그전까지는 1단계 호흡법만 자동으로 운용이 되었지만 '팥쥐' 가 초록색 에테르 코어를 흡수하기 위해서 칩거에 들어간 직후 세현에게도 변화가 생겼던 것이다.

평소처럼 에테르 호흡에 집중하던 세현이 두 개의 에테르 서클을 회전하는 호흡에 몰입하다가 결국 각성 능력이 발현되었다.

그 후로는 가만히 있어도 두 개의 에테르 서클이 동시에 회전하며 에테르를 쌓는 것이 자동으로 이루어지고 있었다.

물론 지금처럼 세현이 호흡에 집중하면 그 효율이 조금 더 늘어나기는 하지만 그게 큰 의미는 없었다.

　가만히 둬도 에테르 호흡이 지속적으로 이루어지는 상황에서 군이 신경을 써서 에테르 호흡을 하며 시간을 허비할 이유가 없는 것이다.

　그럼에도 지금 세현이 에테르 호흡을 시작한 것은 에테르 서클의 상태를 점검하기 위해서였다.

　이번에도 2단계 에테르 호흡법을 각인시키느라 에테르 서클의 손해가 적지 않았다.

　그나마 첫 번째 에테르 서클은 빠르게 회복이 되었지만, 두 번째 에테르 서클은 회복이 더뎠다.

　"이게 빨리 채워져야 세 번째 에테르 서클을 만들 시도를 할 텐데 말이지."

　세현은 에테르 호흡법을 끝내며 혼잣말을 했다.

　형인 진강현의 에테르 호흡법 3단계는 세 번째 에테르 서클을 만들어내는 단계이고, 그 수준에서는 강기의 사용이 자유로워진다.

　그렇게 되면 세현도 파란색 등급의 몬스터를 조금 더 쉽게 상대할 수 있을 것이고, 남색 등급 이면공간의 출입도 시도해 볼 수 있을 터였다.

　[음음! 세현!!!!]

　화아악!

"어? '팥쥐'?"

[음음! 나! 나야!! 음음!]

세현은 갑자기 모습을 드러낸 햄스터의 모습에 깜짝 놀랐다.

아무런 전조도 없이 '팥쥐'가 나타난 것이다.

"흡수는 끝난 거야? 이번에는 제법 오래 걸렸네?"

세현은 '팥쥐'의 몸을 집게손가락으로 살살 긁어주면서 물었다.

기운으로 뭉쳐져 있는 '팥쥐'지만 어느 정도 물리적인 저항력이 있었다.

그래서 허공에 손짓을 하는 것과는 느낌이 달랐다.

[음! 흡수 아니야. 음!]

"흡수가 아냐? 너 초록색 에테르 코어를 흡수한 거 아니었어?"

세현은 뜻밖의 말에 깜짝 놀라서 물었다.

그렇지 않아도 에고를 지닌 에테르 코어를 흡수한다고 해서 걱정을 하고 있었는데 흡수를 한 것이 아니라면 왜 에고를 지닌 코어를 달라고 했던 건지 짐작이 가지 않았던 것이다.

[음. 못된 콩쥐! 콩쥐를 혼내줬어! 음음음!!]

"코, 콩쥐?"

[음. 말 안 들어서 혼내주느라 늦었어. 음음!]

"설마 초록색 에테르 코어의 에고, 그게 콩쥐라고 말하는 거야? 콩쥐?"

[음음! 말 안 들어. 성질이 못된 녀석! 내가 혼냈어!]

"그런데 왜 콩쥐야? 네가 붙인 이름이야?"

[음. 팥쥐는 콩쥐를 구박해. 콩쥐 말 안 들어. 그래서 말 안 들어서 구박받아야 하는 콩쥐 이름을 콩쥐라고 했어.]

"그래. 무슨 말인지 알겠다. 그럼 그 콩쥐는 어떻게 했어? 혼내 주고 나서는?"

[음. 벌서고 있어. 이젠 말 잘 듣는다고 했는데, 그래도 잘못했으면 벌 받아야 해! 음음!]

세현은 도대체 천공기 안에서 '팥쥐'와 콩쥐가 어떤 형태로 지내는지 궁금하기 짝이 없었다.

도대체 콩쥐는 무슨 벌을 받고 있을까 상상이 되지 않는 것이다.

"그런데 위험하지는 않아? 괜찮은 거야? 콩쥐하고 같이 있어도? 그리고 코어는 어떻게 했어? 흡수 못한 거야?"

세현은 '팥쥐'가 무슨 짓을 했는지 자세히 알고 싶었다.

[음. 내 말 잘 들어! 음음. 흡수 필요 없어. 콩쥐 내 말 들으니까. 대신 일 시켜도 되는 거야. 굉장하고 대단하고 훌륭한 일 대신해. 콩쥐가. 음음. 그리고 난 잘하나 보는 거야. 음음!]

"너 대신 일을 시켜? 콩쥐에게?"

[음! 안 힘든 일 시켜! 힘든 일은 내가 해!]

"그래, 콩쥐가 초록색 등급이니까 그 정도까지는 콩쥐에게 시킨다는 거구나?"

[음음! 잘해! 말 안 들으면 혼나! 음.]

"도대체 이게 무슨……?"

세현은 '팥쥐'가 벌인 일에 어처구니가 없어 말을 잇지 못했다.

그때, 무슨 일이 있었는지 알고 싶어서 말이지

"이런 방식은 별로 달갑지 않습니다만."

"저희 마스터께선 미래 길드의 마스터께서도 관심이 깊으실 거라고 하셨습니다만, 아니십니까?"

"방길상, 이자에 대한 정보는 받았습니다. 지난 정권에서 제법 힘을 썼다고요?"

"지난 정권이라고 간단하게 말씀을 하시지만 실제로 그 정권이 권력을 잡고 있었던 기간이 10년이 훨씬 넘습니다. 그 기간 전후로 방길상의 행보는 그야말로 무소불위였다고 할 수 있습니다."

"그래서 지금 이런 짓을 해도 된다는 겁니까?"

"방길상이 트라딧, 그중에서도 천공 길드 놈들과 연을 이어가고 있다는 정보가 있습니다. 그건 인류에 대한 반역이나 마찬가지죠."

"그런데 굳이 나를 이런 자리에 끌어들이는 이유를 모르겠군요."

세현은 방길상을 잡아서 취조하는 일에 자신이 끼어들어야 하는 까닭을 알 수 없었다.

"전에 요구하신 그 정보에 대한 검증 작업이라고 생각하시면 될 겁니다."

"그러니까 우리 형과 관계된 정보, 그것이 사실이란 것을 방길상을 통해서 확인하라는 겁니까?"

"그렇습니다. 정보만 전해 드려서는 그것을 믿기가 쉽지 않지 않겠습니까? 그래서 이번 기회에 방길상의 입을 통해서 그 정보의 신뢰성을 확인하라는 거지요."

"그 이후엔 내가 조금 더 태극에 협조적으로 변할 거라고 생각하는 모양이군요?"

"그렇게 되면 더없이 좋겠지요. 자 이제 들어가지요."

태극 길드의 대원이 세현을 이끌고 방길상 전 의원이 있는 안가(安家)로 향했다.

이미 안가의 보안 장치들은 대부분 무력하게 변한 이후고, 안쪽에는 방길상과 그의 근접 경호원 몇이 있을 뿐이었다.

후웅! 후웅!

[음! 굉장한 거야!]

퍼벙, 퍼벙!

[음음. 잘했어. 잘했어 콩쥐! 음!]

안가 안쪽에서 원거리 공격이 날아들었지만 곧바로 '팥쥐'의 방어에 걸려 허공에서 흩어졌다.

그런데 '꼴쥐'는 콩쥐를 칭찬하는 소리를 세현이 들었다.

세현이 그 소리에 깜짝 놀라며 '꼴쥐'에게 물었다.

'지금 방어한 거 콩쥐였어?'

[음음. 맞아 콩쥐. 평소에 굉장하고 훌륭한 일을 하고 있어. 음.]

"끝까지 저항을 하겠다는 거군요. 도망갈 곳도 없는데 말입니다."

"괜찮겠습니까? 에테르 파동 때문에 전자기력의 충돌이 생길 텐데요?"

세현은 에테르를 이용한 공방(攻防)에서 EMP효과가 생기는 것을 걱정했다.

"미리 대비를 해 뒀습니다. 요즘은 현실에서 에테르를 사용할 일이 많아서 좁은 범위는 어떻게든 EMP효과를 차단하는 방법이 나왔지요. 실험 단계이긴 하지만요."

허공에서 부서지는 원거리 공격에 살짝 놀랐던 태극 길드 대원이 벽에 몸을 붙이고 세현의 물음에 답했다.

그 사이에 세현은 '꼴쥐'와도 이야기를 나누느라 바빴다.

'훌륭한 거면 탐색이잖아. 콩쥐가 그걸 항상 하고 있었다고? 나도 모르게?'

[음. 항상 해. 연습해야 해. 그리고 세현이 필요하면 언제든 보여줄 수 있어.]

'보여주다니 뭘?'

[음. 콩쥐가 탐색한 거, 세현에게 보여줘. 내가 할 수 있어.]

'한번 해봐. 어떻게 한다는 거야?'

세현은 콩쥐가 항상 원거리 방어와 탐색을 하고 있다는 말에 흥미를 느끼며 '팥쥐'에게 탐색의 결과를 보여 달라고 했다.

그러자 세현의 눈앞에 '팥쥐'가 만든 평면 영상이 나타났다.

'꼭 게임 미니맵 같은데?'

[음음! 배웠어. 이게 제일 간단해. 음! 콩쥐가 주변을 살피면 내가 이렇게 세현에게 보여주는 거야. 음음.]

'좋은데? 어디보자… 아직도 건물 안에 여섯 명이 남았네? 안가 밖에 있는 사람들은 태극 소속일 테고?'

"한 명은 방길상이면 나머지 다섯은 경호원인가?"

"어? 안에 여섯 명이 있습니까? 그건데 그건 어떻게 아셨습니까?"

태극 길드 대원이 세현의 말에 깜짝 놀라서 눈을 똥그랗게 떴다.

"에테르를 이용한 주변 탐지입니다. 그나저나 방길상이 천공기사는 아니겠지요?"

세현이 걱정된다는 표정으로 물었다.

"아닙니다. 그는 천공기의 선택을 받지 못했습니다."

"그럼 다행이군요. 여기서 이면공간으로 진입해서 탈출을 하면 막을 길이 없지 않습니까."

세현은 낮게 안도의 한숨을 쉬었다.

"걱정하지 마십시오. 저희가 파악한 바로는 저 안에 있는 이들 중에서 천공기사는 없습니다. 모두가 헌터지요."

세현의 말에 태극 대원이 자신감 넘치는 목소리로 대답했다.

"그럼 일단 제압부터 해봅시다."

세현은 그렇게 말을 하곤 안쪽에 있는 여섯 명을 향해서 각각 앙켑스를 시전했다.

몇 개의 벽으로 가로막혀 있지만 실제 거리를 그리 멀리 떨어지지 않았기에 세현의 앙켑스 에테르는 어렵지 않게 여섯 명의 몸으로 스며들었다.

사실 '팥쥐'의 도움이 없이 세현의 에테르만으로 보이지 않는 곳에 있는 사람들을 정확하게 잡아내서 스킬을 쓰는 것은 어려운 일이었다.

하지만 '팥쥐'가 눈앞에 보여주는 미니맵이 그것을 가능하게 했다.

어렴풋이 잡히는 기척에 '팥쥐'의 미니맵이 보정을 해주면 앙켑스를 씌우는 것이 훨씬 쉬워졌던 것이다.

'앞으로 앙켑스를 쓰는 것이 훨씬 쉬워지겠군.'

[음! 내 덕분이야. 난 굉장하고 대단하고 훌륭해. 음음!!]

'그래, 잘하고 있어.'

세현은 그렇게 '팥쥐'를 칭찬하고는 성큼성큼 복도를 걷기 시작했다.

"어? 위험합니다!"

태극 벽에 붙어서 상황을 어떻게 돌파할까 고민하고 있던 태극 길드원이 깜짝 놀라서 소리를 질렀다.

하지만 세현은 태연하게 손을 들어 보이곤, 꺾어진 복도를 돌아갔다.

그곳에는 몸을 뒤틀며 신음소리를 삼키고 있는 헌터 두 명이 있었다.

"굳이 해치고 싶은 생각은 없으니까 그대로 가만히 있으면 됩니다. 당신들이 경호원이란 직책에 충실할 뿐이란 것을 아니까 이 정도에서 그치는 겁니다."

세현이 두 명의 헌터들을 잠시 살피며 그렇게 말을 하고는 다시 걸음을 옮겼다.

뒤에서 태극 길드의 대원이 눈이 똥그랗게 변한 상태로 세현의 뒤를 따랐다.

덜컥!

세현이 원목으로 된 커다란 문을 활짝 열자 화려한 응접실의 모습이 드러났다.

그곳에 네 명의 사람들이 제각각 의자와 바닥에 쓰러져 몸을 뒤틀고 있었다.

"누가 방길상인지는 물어보지 않아도 알겠군요. 정치에 관심이 없는 나도 방송에서 몇 번은 봤던 사람이니 말입니다."

세현의 시선이 60대 초반으로 보이는 사내에게 고정되어 있었다.

체구가 건장한 사내는 소파에 앉은 상태로 몸을 부들부들 떨고 있었다.

"반갑습니다. 방길상 전 의원님."

세현이 방길상의 앞에 서서 살짝 고개를 숙여 인사를 했다.

"으으으, 으으……."

"아, 힘이 없으시겠군요. 근육통도 좀 있으실 거고. 이게 좀 그렇지요? 아, 죄송합니다. 냄새가 좀 나는군요."

세현은 정중하게 방길상을 대하고 있었지만 그 내용은 조롱이나 다름이 없었다.

세현의 앙켑스에 당한 이들은 몸의 근육이 모두 풀어져 있는 상태였다.

문제는 근육들은 힘을 잃었는데, 힘줄들은 어느 정도 근력을 유지하고 있다는 점이었다.

근육과 힘줄은 서로 보완하며 몸의 균형을 유지하는데, 어느 한쪽의 힘만 남게 되는 경우는 상황이 매우 좋지 않게 변한다.

온몸이 뒤틀리는 상태가 되기 때문이다.

거기다가 근육들이 제대로 역할을 하지 못하면 대소변도 가릴 수가 없게 되는 것은 물론이고 내장 기관들이 엄청난 부담을 느끼게 된다.

가장 문제가 되는 것은 허파와 심장의 기능이 극도로 저하된다는 것이다.

"제가 새로 찾아낸 성분입니다. 이게 묘하게도 에테르를 이용해서 증폭시키는 것이 가능하더군요. 아, 요즘은 제가 이런 걸 익히기 위해서 의학 자료도 살피고 있지요. 어떠십니까? 방길상 전 의원님."

"으으으."

"제가 이러면 안 되는 거지만, 궁금한 것이 있어서 말입니다. 혹시 제 궁금증을 풀어주실 생각이 있으신지요?"

"으으으."

"그럼 잠시만 방 전 의원님의 선택을 지켜보도록 하지요."

세현은 슬쩍 앙켑스 에테르를 이용해서 방길상에게 작용하는 힘을 조절했다.

"허어어 허어어."

방길상은 심장이 다시 뛰고 허파가 부푸는 것을 느끼며 천국을 경험했다.

심장의 움직임이 거의 느껴지지 않고, 허파로 바람이 들어오지 않는 조금 전의 상황은 다시 경험하고 싶지 않은 지옥이었다.

"자, 정신을 차리셔야 할 겁니다. 만약 제 질문에 제대로 대답을 하지 못하시면 다시 조금 전의 상태로 돌아갈 테니까 말입니다."

"허어, 허어, 아, 알았네."

"쯧. 나이가 있으신 양반이니 그 정도의 하대는 이해해 드리지요. 그럼 일단 질문을 좀 드리지요. 진강현이라고 아시지요?"

"!!"

방길상이 화들짝 놀라며 눈이 커졌다.

"역시 아실 거라고 생각을 했습니다. 그래서 말입니다. 진강현이 정부 주도의 실험 계획을 적극적으로 반대했는데, 그걸 굳이 강행하려고 했던 이유를 알고 싶습니다만."

"허어, 허어. 국가와 민족을… 위해서… 다, 다른 나라보다 아, 앞서 가… 허어어, 가려는 프로… 젝트."

"그러니까 진강현 천공기사가 그렇게 반대하는 실험을 강행하려고 했던 이유가 국가와 민족을 위해서였다? 하하하 그걸 믿으란 겁니까?"

"바, 반대 세력… 우리들은 마, 막으려고 했는데, 우린 진강현 그, 그와 같은 뜻……."

"그건 아니었습니다. 정확하게는 진강현 천공기사가 그 프로젝트를 반대한 것은 뭔가 위험하다는 것을 알고 있었기 때문이고, 방길상을 비롯한 반대파들은 일본과 미국, 중국 등의 사주를 받아서 국가 프로젝트를 망치려고 했던 것입니다."

방길상의 말을 태극 길드의 대원이 가로채며 부연설명을 했다.

"이렇다는데 방 전 의원님께선 어떻게 생각하십니까? 저는 조금 전에 방 전 의원님의 변명이 무척 마음에 들지 않습니다만."

"이, 이렇게 하고도 무사할 것 같은가? 하아, 이건 불법… 허어어어어. 아, 안……."

방길상은 조금 몸이 편해지자 곧바로 세현에게 권위를 내세우려 했고, 그 결과는 급격한 상태 이상이었다.

"제가 알고 싶은 것이 많기는 하지만 그렇다고 인내심이 강한 것은 아닙니다. 요즈음 당신이 트라딧인 천공 길드와 손을 잡고 있다는 소리가 있었습니다. 그리고 우린 그게 사실이라고 확인을 했고 말입니다. 이런 것을 두고 반란, 혹은 내란 기도라고 하지요?"

세현의 말에 방길상의 눈동자가 파르르 떨렸다.

"그리고 우린 그냥 이렇게 두고 가면 그만입니다. 솔직히 이런 일에는 증거가 남지 않으면 얼마쯤 떠들다 마는 거지요. 이곳 안가에서 벌어진 일이야 어떻게든 정리가 되지 않겠습니까? 오늘 이곳에 온 사람들의 수가 제법 되는데 모두 천공기사지요. 당신들을 죽인 다음에 이면공간으로 옮기면 그만입니다. 완벽한 실종이 되겠지요. 아, 덩치가 큰 분들이니까 한꺼번엔 힘들고 나눠서 옮겨야 하려나요?"

"으으으으."

방길상이 낼 수 있는 최대한의 힘을 짜내어 소리를 냈다.

"하실 말씀이 있으신 모양이군요. 이번에는 선택을 잘 하시기 바랍니다. 사실 당신이 무죄가 될 확률은 없지만 그래도 죽는 것보다는 사는 것이 좋지 않겠습니까?"

"으허어어, 으허, 허어."

방길상은 세현이 다시 앙켑스의 발동을 조절해 주자 힘겹게

공기를 빨아들이며 신음 소리를 냈다.

"자, 다시 이야기를 해보지요. 진강현 천공기사가 극구 반대하던 프로젝트를 진행하려는 쪽과 막으려는 쪽이 있었습니다. 그런데 그 진행에 필요한 자료들을 진강현 천공기사가 탈취해서 사라졌습니다. 맞습니까?"

"그, 그가 남색 등급의 허어어, 이면공간으로 들어간 후에 흐어, 흐어, 자료들이 사라진 것이 밝혀졌네."

"그 말은 진강현이 그것들을 가지고 가지 않았을 가능성도 있다는 말이군요?"

세현이 희망을 품고 물었다.

"우리와 또 다른… 몇몇 세력이… 자료를 빼돌리긴 했지만, 허어, 허어… 핵심은 진강현, 그가 숨기거나 파기한 정황이 드러나……"

"그러니까 진강현은 일부를 가지고 사라졌는데 그 후에 나머지를 빼돌리고 그걸 진강현의 짓으로 만들었다?"

"그, 그렇네."

"그게 미국, 일본, 중국의 사주를 받은 자들이었다?"

"사실 당시에 대한민국을 제외한 다른 나라 모두가 연합을 하고 있었다는 것이 더 정확한 말일 것입니다. 안 그렇습니까? 방전 의원님?"

태극 길드의 대원이 다시 끼어들었다.

그는 세현을 위해서 준비된 요원으로 진강현 사건 파일을 심도 있게 살핀 사람이었다.

"흐어어, 그렇지. 배반의 크리스마스 실험을 했던 모든 나라가 그때는 하나로… 뭉쳐서 우리나라의 프로젝트를 막… 으려고 애를 썼으니까. 하아아, 하아."

방길상은 숨길 것도 없다는 듯이 당시 상황을 털어놓았다.

누굴 탓하겠어? 웃기는 소리!

"좋습니다. 방 전 의원님, 그럼 계속해서 당시 진강현 천공기사가 실종되고 나서 후속 조치에 문제가 있었습니다. 그의 개인 재산 대부분이 국고로 환수되었지요. 거기다가 이후에는 천공 길드에서 남은 재산까지도 가지고 갔고 말입니다. 더구나 그것들이 모두 적법한 절차에 의한 것이라고 하더군요. 여기에 대해서 아는 것이 있습니까?"

세현은 당시에 나이가 어렸다.

하지만 그래도 형의 모든 것이 모래알처럼 빠져나가는 것을 경험하며 뭔가 잘못되었다고 생각했었다.

"구, 국가에 끼친 손해를 진강현 천공기사의 재산에서 추징… 하기로 결정을 했네. 하아, 하아."

"손해를 끼쳤다는 것이 그 프로젝트에 대한 것이었습니까?"

"마, 맞네. 엄청난 자금이 소요된 일이었는데 그게 엎어지게 되었지. 허어, 그래서 추징이 집행되었네."

"그럼 천공 길드도 같은 이유였습니까?"

"그들은 사실상 별로 가지고 간 것이 없었지. 그저 흉내 정도였을 뿐이야. 그래도 그렇게 해야만 국가가 진강현을 버리는 상황에서 부담을 나눠야 했지. 그래서 그들은 시늉만 한 거야."

방길상은 어느 정도 호흡이 안정되며 발음이 또렷해지고 있었다.

"결국 진강현의 재산에 대한 추징이 당시로선 적법한 절차였고, 천공 길드에서 했던 행동도 문제가 없었다는 이야깁니까?"

세현이 방길상을 노려보며 화가 난 눈빛으로 물었다.

"권력을 가진 이들이 하고자 하면 그게 곧 법이 되는 것이지. 당시의 일처리에 문제가 있을 수는 있겠지. 하지만 그걸 밝히는 것은 쉽지 않은 일이네. 진강현, 그가 무죄가 아닌 이상 그에 대한 민형사상 처벌은 당연한 거였어."

방길상은 세현이 진강현과 무슨 관계인지 몰랐다.

하지만 현실적인 상황 판단으로 봐도 진강현의 문제는 쉽게 뒤집어질 수 있는 문제가 아니었다.

"진강현 천공기사가 당시의 프로젝트가 지금 배반의 크리스마스라고 이름 붙인 실험과 같은 결과를 낼 것임을 알고 있었다면, 그래서 그 위험을 막기 위해서 그런 일을 벌였다면 충분히 정상 참작이 되어야 하지 않습니까? 아니, 도리어 훈장을 줘도 아깝지 않은 일이겠지요."

"그건 결과론이네. 당시엔 그걸 누구도 알 수 없었지. 거기다가 지금도 그 당시 진강현 천공기사가 무슨 생각으로 그런 일을 벌였는지는 알 수 없지."

"그럼 다른 것을 물어보지요. 당시에 진강현 천공기사에게 내려진 조치들은 그가 저지른 것이 확실한 일에만 해당되는 것이었습니까, 아니면 다른 세력들이 저지른 일까지 포함된 것이었습니까?"

"……"

방길상은 대답을 하지 못했고, 세현은 굳이 그의 대답을 들을 필요가 없다는 것을 느꼈다.

"자, 그럼 다른 질문을 드리지요. 방 전 의원님, 천공 길드와는 무슨 거래를 하고 있었던 겁니까? 우리도 알아본 정보가 있으니 숨기려고 하지 마시기 바랍니다."

그때, 태극 길드의 요원이 방길상에게 질문을 던졌다.

세현의 개인적인 궁금증이 어느 정도 풀렸으니 이제 공식적인 임무를 진행하려는 것이다.

"별것 아니네. 그저 이쪽의 상황, 그러니까 대한민국의 정치, 경제, 사회 전반에 대한 정보를 전하는 것뿐이었네. 뉴스만 봐도 알 수 있는 내용들 말이네."

"그렇군요. 그래서 받는 대가는 뭐였습니까?"

"별다른 것은 없었네. 그저 소소한 이면공간 취득물 정도였지."

"그럼 그런 거래를 굳이 하고 있었던 이유는 뭡니까?"

"어렵지 않은 일인데 편의를 봐주면서 서로 인연을 이어가려는 거지. 나중에 상황이 어떻게 될지는 아무도 모르는 것이 아닌가. 사실 트라딧이라고 하지만 그들과 이면공간에서 마주치는 일은 흔하다고 들었네. 만나서 적당히 이야기를 하고, 정리된 문서를 전달하는 정도일 뿐이지."

"그걸로 혹시 모를 미래에 대비한다는 겁니까?"

"뭐 그런 거지. 우리 같은 사람이 굴을 여럿 파는 거야 당연한 거 아닌가?"

"그럼 천공에서 무얼 하는지는 아는 것이 없다는 말씀이군요?"

"그렇네."

"그 말씀은 방 의원님께서 법정에서 정상참작의 여지가 없다는 말과 같은데요? 그래도 괜찮습니까?"

"사람이란 말이네. 때가 되면 그걸 알 수가 있어. 이제 내가 더는 어쩔 수 없는 궁지에 있구나 하는 것을 알게 되는 거지. 내 인생은 여기가 끝인 거지. 그 뒤로 남은 시간들이야 그저 덤일 뿐이지. 덤을 감옥에서 보낸다고 해도 남는 장사지."

"죽기는 싫은 모양이군요."

세현이 방길상의 말에 일침을 가하듯 말했다.

"죽음에 대한 두려움은 우리 같은 이들, 죽음에서 제일 멀리 있을 것 같은 우리들 말이네. 그런 이들이 더 두려움이 크지."

"그럼 이건 꽤나 충격이겠습니다. 오늘 이 자리는 공식적인 자리가 아니라는 사실을 아신다면 말입니다."

태극 길드의 요원이 방길상에게 말했다.

"음?!"

방길상은 그 말의 의미를 되새김질 하듯 잠시 생각하다가 경악의 표정을 지었다.

"서, 설마?"

"저는 제 볼일이 끝났으니 이만 돌아가지요. 하지만 이쪽 분들은 아직 일이 남았다고 하니 그건 알아서 해결을 하시기 바랍니다."

방길상이 놀란 표정을 지을 때, 세현은 이만 물러날 뜻을 전했다.

사실 세현이 확인하고 싶었던 것들은 이미 확인이 끝났다.

태극 길드에서 세현에게 제공한 정보들의 전체적인 줄거리는 방길상이 확인을 해주었다.

어쩌면 그 정보들 속의 이름 몇 개가 바뀌었을 수는 있겠지만, 전체적인 흐름에 변화는 없을 것이다.

세현은 그것으로 충분했다.

나머지는 큰 줄기에 퍼즐을 맞추듯이 끼워 보면 될 일이었다.

당시의 권력자들이나 사회의 리더들에 대한 정보는 정보 사이트를 조금만 뒤져보면 알 수 있는 일이었다.

태극 길드가 이름 몇 개를 바꿨다고 해도 전체적인 흐름 자체를 바꿀 수는 없었을 터, 그럼 세현이 생각하는 진실 규명에 문제는 없었다.

'아무튼 형이 문제야. 그런 일을 벌였으면 나한테 뭐라고 언질이라도 줬어야 하잖아.'

세현은 속으로 투덜거렸다.

하지만 당시 자신의 나이를 생각하면 형이 아무 말도 하지 않았던 것도 이해할 수 있는 범위였다.

그 후, 형의 안배가 자신에게 전해진 것을 생각하면 형도 아무 생각 없이 자신을 방치한 것은 아니었다.

'그렇다고 해도, 배반의 크리스마스 실험이 있었던 것을 안다면 이젠 복귀를 해도 되는 거 아닌가? 지금 나서서 당시에 그렇게 할 수밖에 없었던 당위성을 이야기하면 충분히 복권할 수 있을 텐데?'

세현은 그 점이 못내 아쉬웠다.

지금 형이 나타나면 그야말로 영웅의 귀환이 될 수도 있었다.

과거에 형이 그 프로젝트를 막지 못했다면 대한민국은 전 세계 인류의 규탄을 받는 악의 축이 되어 있었을 것이다.

대한민국의 실험으로 지구가 위험에 처했다는 비판을 피할 수도 없었을 것이다.

그랬던 것이 전 세계적으로 실험이 진행되면서 배반의 크리스마스 사태가 벌어진 것이다.

그렇게 생각하면 진강현의 당시 행동은 결과적으로 대한민국을 구한 영웅적인 행위가 아닐 수 없다.

'도대체 이 인간은 어딜 가 있는 거야?!'

세현은 미래 필드로 들어가기 위해 이동하는 차 안에서 속으로 짜증을 부리고 있었다.

*　　　　*　　　　*

"그래서?"

"뭘 그래서는, 그냥 방길상에 대한 문제가 뉴스에 나오기 시작하면 은근슬쩍 그때, 우리 형의 문제를 끼워 넣는 거지. 당시에 형의 실종이 배반의 크리스마스 실험과 연관이 있었다고 말이야."

"그렇게 해서 진강현 천공기사의 불명예를 씻어주겠다는 거야?"

재한이 세현의 생각을 짐작했다는 듯이 물었다.

"사실상 우리 형에 대한 불명예는 거의 알려지지 않았어. 형이 무슨 짓을 했는지, 그 자체도 기밀에 속했으니까. 하지만 실종 후에 뒤처리가 전혀 없었던 것은 문제가 있지."

"그건 좀 그렇긴 했지. 하지만 당시에도 정보 통제, 언론통제가 심심찮게 일어났을 때라고. 진강현 천공기사가 남색 등급의 이면공간에 처음으로 진입한 후, 돌아오지 않았을 때, 그 후로 굵직굵직한 사건들이 터졌지."

"그래 생각해 보면 그게 전부 사람들의 이목을 돌리려는 짓이었겠지. 우리 형에 대한 관심을 줄이려고 말이야."

"맞아. 그렇게 해서 시간을 끌다가 어느 순간 흐지부지하는 거지. 그게 전통적으로 잘 먹히는 수법이니까."

"어쨌건 이번에 방길상이 뉴스의 초점이 되면 그때, 우리 형에 대한 문제도 슬쩍 끼워서 알리는 방향으로 신경을 좀 써 줘."

세현이 재한에게 부탁을 했다.

그런 일은 아무래도 현실에서 사업을 주도하고 있는 재한에게 맡기는 것이 좋았다.

사실상 미래 길드의 현실 사업은 재한이 도맡고 있었고, 이면 공간의 문제는 세현이 맡고 있었기 때문이다.

"알았다. 돈 좀 쓰면 되겠지. 거기다가 없는 일을 말하는 것도 아니고 있었던 일을 알리는 거니까 문제없을 거다. 그런데 아무리 그래도 당시로선 진강헌 천공기사가 불법을 저지른 것은 사실인데 그걸 그냥 알려도 괜찮을까?"

"그거야 어쩔 수 없잖아. 형이 했던 일을 하지 않았다고 할 수도 없으니까."

"하긴, 시대와 상황에 따라서 판단이 엇갈리는 문제고, 지금은 그 행동이 칭찬받을 행동이 되었으니까."

재한은 세현의 말을 순순히 수긍했다.

"그나저나 천공 길드가 당시에 우리 형의 문제에선 별다른 움직임이 없었던 것은 의외야."

세현이 재한을 보며 말했다.

"그래도 당시 정권을 돕기 위해서 진강현 천공기사의 재산 몰수에 참가했잖아."

재한이 그 정도면 충분히 문제가 되는 거 아니냔 표정으로 물었다.

"아니, 그 정도로 끝난 것이 이상해. 너도 말했지만 천공 길드에서 우리 형이 없으면 고철한이 왕 노릇을 하는 상황이었어. 그런데 천공에서 형에 대한 이런저런 공작이 없었던 것은 이상하지 않아?"

"태극 길드의 자료에는 뭐라고 되어 있는데?"

"별 내용 없어. 천공에서 우리 형에 대한 문제는 될 수 있으면 언급을 피했다는 정도가 고작이야."

"그래도 당시에 진강현 천공기사가 실종되고 그 프로젝트에 대한 정보를 천공 길드에서도 제법 빼돌렸잖아."

재한은 천공 길드가 그 당시에 조용히 있었던 것이 아님을 강조하려는 듯이 말했다.

"아니, 천공 길드는 그럴 필요가 없었던 곳이야. 그 프로젝트에 필요한 자료들을 가장 많이 가지고 있었던 곳이 천공이었으니까 말이야."

"그래?"

"그래. 그래서 이후로 배반의 크리스마스를 준비할 때에도 천공이 선두에 있었던 거지. 그러다가 어느 순간부터 무슨 이유인지 전 세계적으로 실험의 시기를 조율했는데 그건 태극에서도 이유를 밝히지 못했다더군."

"결국 천공 길드나 당시 정권 실세나 공무원 중에서 세현, 네가 복수를 할 수 있는 대상은 없다고 봐야 하는 건가?"

고재한이 고개를 흔들면서 말했다.

"그건 또 무슨 소리야?"

세현이 물었다.

"그게 그렇잖아. 특정 지어서 누구를 탓하긴 어려운 상황 아니야? 누굴 탓할 건데?"

재한이 물었다.

"누굴 탓하긴! 당연히 잘못한 놈들이지."

"정권이 바뀌면서 대부분 실각하고 일선에서 물러난 사람들이잖아. 거기다가 공무원들이야 법대로 집행한 죄밖에 없는 거고."

재한이 죄인을 특정하기 어렵다는 뜻을 다시 한 번 밝혔다.

"일단 우리 형에게 죄를 덮씌운 놈들! 그리고 결과도 예측할 수 없는 위험한 프로젝트를 억지로 진행하려고 했던 놈들, 다른 나라에 붙어서 형의 일을 방해한 놈들! 그놈들 모두가 죄인이지."

"그래서 그 사람들을 하나씩 찾아서 어떻게 하기라도 하려고?"

"굳이 찾아갈 이유는 없겠지. 하지만 지나다가 보이면 치우긴 해야겠지."

"그런가?"

재한은 그렇게 대꾸하면서도 세현의 복수심이 그 끝을 보지 못했다는 사실을 깨달았다.

서둘지는 않겠지만 그렇다고 잊거나 덮어둘 생각은 없다는 것을 알 수 있었기 때문이다.

"그보다 카피로 필드를 정리했으니 남쪽 이동통로 쪽도 해결을 보긴 해야겠군."

"몬스터들이 너무 많다고 하지 않았어?"

재한은 세현이 미래 필드의 남쪽 이동통로를 언급하자 걱정스런 표정으로 물었다.

"그래봐야 노란색 등급이야. 일단 초반 물량만 어떻게 버틸 수 있으면 그 다음부터는 하나씩 정리를 할 수 있겠지. 또 몬스터 수가 많으니까 수련에도 도움이 되지 않겠어?"

"네가 수련할 것이 뭐가 있다고?"

"하하. 지금 내 수준이 끝은 아니잖아. 안 그래?"

세현이 재한의 물음에 밝은 웃음을 보이며 물었다.

"하긴, 이제 강기 수준에도 도전을 할 때가 되긴 했지. 넌 좀 빠른 편이니까."

재한이 세현의 수련 방향을 어느 정도 짐작해 내며 말했다.

Chapter 6

지구에서 전자기력을 사용하지 못하면?

"찰리 오스카, 여기는 하나 파파장. 찰리장을 호출한다고 알림."

―치이익 치지지직 치이이익 치직!

"찰리 오스카, 여기는 하나 파파장. 찰리장을 호출한다고 알림."

―치지직 파지지직 파팟!

"윽! 이런!"

"무슨 일이십니까? 소대장님."

"무전기가 말썽이야. 스파크가 일면서 먹통이 됐다."

"네? 그럼 어떻게 합니까? 중대장님과 연락이 안 되면 차후 작전 명령을 어떻게 받습니까?"

"부소대장, 어쩔 수 없다. 사재 전화를 써야지."

"나중에 좀 깨질 텐데요?"

"그래도 지금 같은 비상 상황에선 어쩔 수 없지. 일단 분대장들 모아봐."

"네. 알겠습니다."

부소대장은 소대장의 명령에 어깨에 걸려 있던 소형 무전기를 작동시켰다.

─파지직! 팟팟팍!

"엇 뜨거! 왜 이래, 이거?"

"뭐야, 그것도 그래?"

"소대장님, 아무래도 상황이 이상합니다. 이거 에테르와 전기의 충돌이 아닌가 싶습니다."

"아니, 그렇게 되면 전자 제품은 하나도 못 쓴다는 소리잖아. 젠장, 전령 보내서 소대원들 모두 모이라고 하고, 2차 진지로 퇴각한다."

"하지만 그렇게 되면 몬스터 방어선에 구멍이 생기게 됩니다."

"지랄, 지금 상황이 이미 구멍이 난 거야. 상급 부대에서 우리들의 위치나 상황을 파악하지 못하고 있는데 우리가 여기서 버티고 있다고 뭐가 달라지나?"

"아, 알겠습니다. 소대원들 모으겠습니다. 충성!"

부소대장은 소대장의 신경질에 저도 모르게 경례를 하고는 부리나케 뛰었다.

그리고 그런 상황은 몬스터 영역을 지키고 있던 많은 일선 부대에서 비슷하게 일어났다.

물론 같은 상황에 대처 방법은 다들 많이 달랐지만, 전자 제품을 쓸 수 없는 상황이 된 것은 공통적으로 일어난 현상이었다.

―긴급 속보입니다. 일부 몬스터 영역과 가까운 지역에서 전자기력과 에테르의 충돌 현상이 일어났다는 소식입니다. 이 때문에 많은 일선 군 장병들이 통신 불통 상황에서 위험에 처해 있으며 이들을 구조하기 위해서 천공기사들과 헌터들이 급히 파견되고 있다고 합니다.

―지구에서 에테르의 농도가 일정 이상 높아진 지역들이 나타났으며 그로 인해서 전자기력과 에테르의 충돌 현상이 일어난 것으로 전문가들은 파악하고 있습니다.

―이 현상은 앞으로도 계속해서 일어날 것이며, 아울러 에테르가 지구상에 골고루 퍼지는 성질을 생각하면 전자기력과 에테르의 충돌 현상이 일어나는 지역은 점차적으로 넓어질 것으로 보인다고 합니다.

―인류 문명의 기반이 되고 있는 전자기력의 사용이 불가능해질 경우, 인류의 문명 수준은 상당 부분 퇴보할 것이 분명하며, 이를 가장 잘 보여주는 사례는 이면공간의 주민들의 삶이라

할 수 있다. 앞으로 지구 인류들은 이면공간의 주민들과 비슷한 문명을 발전시켜 나갈 수밖에 없는 처지가 된 것이다.

—인류는 전자기력을 포기하고 최대한 에테르를 이용한 마법과 마법진에서 희망을 찾아야 할 것이다.

—에테르 자체가 인류에게 위협이 된다는 점을 생각한다면 우리는 지구의 에테르 수치를 낮추는 방법을 모색해야 한다. 자칫 지구의 에테르 수치가 급격하게 높아질 경우 종국에는 지구의 모든 생명이 멸종하고 에테르 기반 생명체의 세상이 될 수도 있다. 인류는 좀 더 적극적으로 몬스터를 퇴치하고 지구를 지킬 근본적인 해결책을 찾아야 할 것이다.

"어쩐 일이야? 아직 여기 올 때가 안 된 것 같은데?"

세현은 남쪽 이면공간 통로를 이용해서 노란색 전투 필드에 들어가 몬스터들과 전투를 벌이며 수련을 하다가 미래 필드의 길드 건물로 돌아왔다.

그런데 재한이 와서 세현을 기다리고 있었다.

"난리 났다."

"응?"

세현은 재한이 난리가 났다고 하는 말뜻을 이해하지 못해서 멍한 표정을 지었다.

재한은 그런 세현에게 지구에서 일어난 에테르와 전자기력의 충돌에 대해서 설명했다.

"하아, 미치겠군. 그러니까 지금 지구의 에테르 수치가 수준 이상으로 높아지고 있다는 거잖아?"

"그렇지."

"에테르 수치를 낮추는 방법은?"

"지금 전문가란 작자들이 열심히 머리를 굴리고 있기는 한데, 딱히 방법이 없는 거 같아."

"방법이 없으면 에테르를 품고 있는 것들을 이면공간으로 다시 밀어 넣어야지. 그렇게라도 해야 할 거 아냐?!"

세현이 고함을 버럭 질렀다.

사실 지구에 몬스터가 나타나기 시작하면서 세현은 지구나 이면공간이나 구별할 필요가 없다는 생각을 하고 있었다.

하지만 지구는 세현의 고향이었다.

그동안 돌비틀 종족이나 카피로 종족 등을 보면서 그들의 고향이 에테르 기반 생명체들에게 점령당했다는 사실을 알았다.

그리고 지구도 그렇게 될 가능성이 있다는 소리를 듣기도 했었다.

하지만 그렇게 될 때까지는 아직 시간이 있을 거라고 생각했다.

돌비틀 종족과 카피로 종족도 대를 이어서 몬스터와 전쟁을 벌였고, 결과적으로 패배해서 고향을 잃었다.

하지만 그렇게 되기까지 걸린 시간은 적게는 몇백 년, 많게는 수천 년이 걸렸다.

그런데 지구는 겨우 몇 년 사이에 문제가 생기고 있었다.

"실험 때문인가?"

세현이 혼잣말을 했다.

"무슨 소리야?"

"다른 이면공간 주민들은 그들의 고향을 잃는데 오랜 시간이 걸렸어. 그런데 우리 지구는 단시간에 문제가 일어나고 있잖아. 이게 그 실험 때문이 아닌가 싶어서 말이야."

"이유가 뭐가 되었건 문제가 심각해. 몬스터 영역에서부터 조금씩 에테르 수치가 높아지고 있어. 벌써 경계에서 몇 킬로미터 정도까지 전자기력을 쓰지 못하는 곳이 생겼어."

"그렇게 되며 당연히 몬스터 영역이 넓어지는 거겠지?"

"현실에서 통신의 중요성이야 말할 필요가 없으니까. 상호간의 협조가 불가능해지면 헌터나 천공기사의 희생이 훨씬 늘어나게 되는 거지. 더구나 군대도 제대로 된 작전을 펼치는 것이 어렵고."

"장인 마을에서 방법을 좀 알아봐."

"장인 마을?"

재한이 무슨 소리냔 표정으로 세현을 바라봤다.

"에테르를 이용한 마법 도구, 일단 그쪽으로 돌파구를 찾아야지. 에테르의 확산을 막을 방법이 없으면 마법 도구를 이용한 통신을 생각해야 할 거 아냐? 그러니까 장인 마을 사람들에게 부탁을 해보란 말이야. 그게 가능한지 연구를 해달라고 하고."

"아, 그러고 보니 마법진을 이용해서 통신을 하는 것도 가능하겠구나?"

"장인들이니까 방법이 있을 거야. 물론 쉽게 내어줄지는 모르겠지만."

"알았어. 그럼 너는 어쩌려고?"

"나야 수련을 계속해야지. 그리고 그 다음에는 미래 필드 개발에 힘을 쓰면서 이면공간의 주민들을 좀 더 찾아봐야지."

"이면공간 주민들을?"

"전에 들었겠지만 포레스타 종족은 에테르를 정화하는 능력을 가지고 있다고 했어. 그리고 그런 능력은 그들만의 고유한 능력이 아니라고 했지."

"아, 기억나. 분명히 에테르를 정화한단 말을 했었지."

"그러니까 하는 말이야. 이면공간 어딘가에는 에테르를 정화하는 방법이 있을 거란 말이지. 에테르 코어는 에테르를 자꾸만 만들어 내는데, 그것을 처리하지 못하면 결국 세상은 에테르 기반 생명체의 세상이 될 거야. 그런데 실제론 그런 일이 벌어지지 않고 있어. 그 말은……."

"어딘가 분명히 에테르를 처리하는 방법이 있단 거겠지. 그리고 그 방법을 찾아서 우리 지구에 적용하면 지금의 위기를 어느 정도 극복할 수 있다는 말이고."

"그렇지. 그리고 난 그것 말고도 이면공간의 주민들을 만나

봐야 할 이유가 또 있으니까."

"이유? 아! 그렇구나 진강현 천공기사님을 찾아야지?"

"그래. 내겐 그게 더 중요한 일이지. 솔직히 지구에서 일어나는 일들보다는 형을 찾는 일이 내겐 더 중요한 일이야. 사실 천공기사들은 지구가 멸망한다고 해도 이면공간이란 피난처가 있잖아. 더구나 나 같은 경우에는 피붙이 하나 없는 상태야. 지구에 애착 따위 별로 없다는 거지."

"야, 그건 좀 삭막하다. 그래도 네가 태어나고 자란 땅인데."

"그렇지. 고향이지. 하지만 그 고향이 내겐 별로 따뜻하진 않았거든."

재한은 쓸쓸한 표정으로 그렇게 말하는 세현에게 더는 아무 말도 하지 못했다.

그 역시 고씨 가문에서 태어났지만 자신의 가문에 환멸을 느끼지 않았던가.

어릴 때 사고로 부모를 모두 잃고, 어느 정도 안정이 되었다 싶었을 때, 형의 실종과 함께 겪은 냉정한 세태를 생각하면 세현의 태도가 이해될 법도 했다

"참, 그건 알지? 몬스터 사체 자체가 엄청난 에테르 덩어리란 사실 말이야. 정말 사정이 급하다면 에테르 덩어리인 몬스터 사체를 이면공간으로 집어 던지는 것도 한 방법일 것 같다."

소식을 전하고 돌아가는 재한에게 세현이 불쑥 에테르를 줄일 수 있는 방법 중에서 생각나는 것 하나를 일러 주었다.

재한은 그런 세현의 모습에 세현이 지구에 대한 애정이 전혀 없는 것은 아니란 것을 알고 안도감을 느꼈다.

*　　　　*　　　　*

키키키킷 시시싯 케르르륵!

"공격!"

세현이 전방에서 까맣게 몰려오는 몬스터들을 보며 고함을 질렀다.

그러자 세현의 전방에 에테르 마법진 세 개가 떠오르더니 마법을 쏟아내기 시작했다.

후웅후웅후웅, 콰과과과곽! 씨잉씨잉씨잉!

"'팥쥐' 앙켑스에 걸린 놈과 아닌 놈을 구별해 줘."

[음음! 하고 있어. 잘하고 있어. 음!]

세현의 시야에만 보이는 홀로그램에 붉게 표시되어 있던 몬스터들 중에서 앙켑스에 걸린 것들만 노란색으로 바뀌었었다.

"엉뚱한 놈 공격하지 말고, 앙켑스에 걸린 것들을 공격해!"

세현이 엉뚱한 곳을 공격하는 마법에 버럭 소리를 질렀다.

[음! 콩쥐! 혼나!]

'팥쥐'가 그런 세현의 고함에 편승해서 버럭 소리를 질렀다.

그 사이에 세현에게 가까이 다가온 몬스터들은 세현이 직접 검과 방패를 들고 상대하기 시작했다.

마법을 쏟아내는 에테르 마법진은 이리저리 흩어져서 세현의 움직임을 보조했다.

세현은 몸에 각인된 완벽한 움직임으로 몬스터들을 치고 베고 찌르며 이리저리 움직였다.

그러다가 여유가 생기면 앙켑스에 걸리지 않은 몬스터를 찾아서 앙켑스를 시전했다.

콰과과광! 콰르르르! 파지지직!

실제로 세현이 하는 것은 몬스터로부터 자신의 몸을 지키며 앙켑스를 걸어주는 것이었다.

[음음! 이거 어때? 이거!]

그때, '팥쥐'가 뭔가 신이 난 감정을 잔뜩 전하면서 세현의 눈앞에 띄운 홀로그램에 변화를 줬다.

"뭐야? 이건?"

세현은 붉은색과 노란색으로 표시되던 몬스터들 중에서 노란색이 조금씩 연두색으로 바뀌는 것을 보며 물었다.

[음, 앙켑스. 에테르 스킨 줄어들면 색도 바뀌는 거야. 어때?]

"하하하. 정말 좋은데? 앙켑스에 에테르 스킨이 벗겨진 상태를 확인할 수 있는 거잖아. 당연히 에테르 스킨이 많이 벗겨진 놈들을 먼저 공격하면 효율로 좋을 거고."

[음음. 내가 생각했어. 음. 게임에서도 그런 거 나와. 게임은 참 좋은 거야. 이번에 지구 가면 게임들 더 많이 보는 거야. 음음!]

"그래. 알았다. 그렇게 해줄게. 이 정도 공을 세웠는데 그런 부탁이야 당연히 들어줘야지."

세현은 '팥쥐'가 새롭게 바꾼 미니맵을 보며 활짝 웃었다.

[음! 정신 차리는 거야! 연두색으로 변한 것들을 먼저 공격해야지. 잘못하면 혼나는 거야! 콩쥐! 음음음!!]

그때, '팥쥐'는 다시 콩쥐를 구박하기 시작했다.

원래 '팥쥐'는 콩쥐를 구박하는 것이 당연하다는 생각을 가지고 있는 '팥쥐'였다.

그래서 거의 언제나 콩쥐는 구박만 받았다.

잘하면 당연하고, 못하면 구박받는 콩쥐였다.

파츠츠츠츠츳! 후웅후웅후웅후웅!

어쩐지 콩쥐가 컨트롤 하는 원거리 마법들 하나하나에 울분이 담겨 있는 것 같다고 세현은 생각했다.

세 번째 에테르 서클과 강기를 얻다

에테르 서클은 단전과 같은 개념이었다.

실제로 일반적인 천공기사들의 에테르 호흡법은 단전이나 심장, 명치, 비장 등의 위치에 에테르를 쌓고 그것을 활용한다.

그에 비해서 세현의 경우에는 몸의 중심에 에테르 서클을 만들어서 거기에 에테르를 저장하고 뽑아 쓰는 방식을 취한다.

그런 차이는 호흡법이 다르기 때문에 생기는 것이고, 에테르를 쌓고 또 사용하는 효율에 따라서 호흡법의 등급이 결정되는 것이다.

그리고 세현이 익힌 호흡법은 진강현이 익혔던 것으로 지구에 알려진 모든 호흡법 중에서도 최고라고 알려진 것이다.

더구나 세현의 경우에는 에테르를 각성하면서 얻은 각성 능력이 워낙 특별한 것이어서 1단계 2단계 호흡법까지는 진강현도 세현보다 나을 수는 없을 경지에 이르렀다.

세현은 미래 필드의 남쪽 이면공간 통로로 연결된 전투 필드에서 매일같이 몬스터들을 때려잡았다.

곤충형과 갑각류의 몬스터만 등장하는 그곳에서 물량 공세란 이런 것이라고 알려주는 것 같은 엄청난 양의 몬스터 러시를 매일같이 경험했다.

그러는 동안 2단계 호흡법을 몸에 각인시키느라 소비된 에테르 서클이 복구되었다.

매일같이 에테르를 소비하고 또 한순간도 쉬지 않고 에테르를 축적하는 과정이 반복되면서 에테르 서클의 복구도 예상보다 빠르게 진행이 되었다.

세현은 에테르가 가득 찬 서클을 느끼며 아랫입술을 깨물었다.

이제 새로운 도전을 해야 할 때가 온 것이다.

'세 번째 에테르 서클을 만든다.'

[음! 할 수 있어. 세현은 할 수 있어! 음음!]

[…으음.]

'그래 고맙다. '팥쥐' 그리고 콩쥐도.'

세현은 '팥쥐'와 콩쥐의 응원에 고마움을 표했다.

요즈음 콩쥐의 의지가 조금씩 세현에게 전해지고 있었다.

처음 '팥쥐'를 만났을 때보다도 미약한 느낌이지만 콩쥐가 세현에게 보내는 감정들이 조금씩 느껴지고 있었던 것이다.

이후, '팥쥐'처럼 성장할 수 있을지는 알 수 없지만 새로운 동료가 생긴 것 같아서 마음이 푸근해진 세현이었다.

'그럼 주변 감시를 부탁할게.'

[음음. 맡겨. 잘할 수 있어. 걱정 마!]

[……]

세현은 에테르 호흡법의 세 번째 단계를 시작했다.

세 번째 에테르 서클을 만드는 재료는 두 번째 에테르 서클이었다.

거기다가 세현은 다른 경우와는 달리 이번에도 세 번째 에테르 서클의 바탕에 강철의 에테르 서클을 깔아야 했다.

어떤 경우에도 에테르 서클이 붕괴되는 것을 막아주는 강력한 보험.

세현에겐 반드시 있어야 하는 것이었다.

이번에 두 번째 호흡법을 각인하면서 세현은 두 개의 에테르 서클이 거의 바닥이 날 정도로 서클의 에테르를 소비했다.

만약 두 번째 서클에 강철의 에테르 서클이 없었다면 두 번째 에테르 서클은 분명히 붕괴되었을 것이다.

그리고 그렇게 되었다면 두 번째 호흡법이 완성될 수도 없었다.

에테르 서클이 하나밖에 없는 상태에서 두 번째 호흡법의 완성은 불가능했을 테니 당연한 일이다.

세현은 조심스럽게 세 번째 에테르 서클을 만들기 시작했다.

강철의 에테르 서클.

서클 자체에 마법진을 구축하고 에테르 서클을 보호하는 그것을 먼저 만들어 나갔다.

지난한 작업이었다.

두 개의 에테르 서클에서 에테르를 끌어와서 세 번째 에테르 서클을 만드는 것인데도 끝도 없이 에테르가 소비되었다.

두 개의 에테르 서클에서 나온 에테르는 수십 배로 압축되어서 세 번째 서클을 만들어 나갔다.

자칫하면 서클을 완성하지 못하고 에테르가 부족해질 수도 있다는 위기감이 들 정도였다.

하지만 세현은 꿋꿋하게 호흡을 유지하며 서클을 만들어 나갔다.

얇고 얇은 서클이 조금씩 모습을 드러냈다.

위이이이잉 위이이잉 위잉 윙!

실낱같은 에테르 서클의 끝과 끝이 이어지고 처음과 마지막이 없는 원, 끝없고 완전한 모습이 드러났다.

그리고 그때부터 세현의 호흡이 본격적으로 시작되었다.

세 번째 에테르 서클을 만들기 위한 세현의 에테르 호흡은 좀처럼 끝날 생각을 하지 않았다.

쉬지 않고 이어지는 호흡이 며칠을 이어졌다.

그 사이에 호올이 몇 번이나 세현의 방문을 슬쩍 열어보며 상태를 살폈다.

그리고 미래 필드로 찾아오는 재한과 나비, 종국에서 세현의 상태를 설명하고 절대 방해하지 않도록 주의를 주었다.

그렇게 아흐레가 지났을 때, 세현의 반개한 눈에 초점이 잡히기 시작하더니 눈이 번쩍 뜨였다.

"후우우우."

세현은 길게 숨을 내 쉬었다.

우우우우웅 우우우우웅

그와 동시에 세현의 에테르 서클 세 개가 급속하게 회전을 하며 엄청난 에테르를 세현의 손으로 쏟아냈다.

치리리리리링 치리리링!

그리고 동시에 세현의 손에서 새하얀 강기가 솟아났다.

치지지지지징!

"단검 크기로군. 이거, 연습이 필요하겠네."

세현이 손에 잡힌 강기의 단검을 보며 중얼거렸다.

그때, 갑자기 재한의 목소리가 세현의 귓가를 때렸다.

"미쳤군. 이제 겨우 강기를 쓰게 되었으면서 매개체도 없이 단검을 만들어? 너는 도대체 무슨 괴물이냐?"

재한과 호올이 활짝 열린 문밖에서 세현의 모습을 보고 있었다.

세현은 재한의 투덜거림에 달리 대답하지 않고 설핏 웃어주었다.

"이젠 정말로 정상급 천공기사의 자격을 갖춘 거네?"

재한이 세현의 방으로 들어오며 말했다.

"정상급?"

"파란색 이상의 이면공간에서 스스로를 지킬 수 있는 수준을 말하는 거지. 지금까지 남색 등급을 자유롭게 오고갈 수 있는 천공기사는 손으로 꼽는다고 할 정도로 적으니까. 그 바로 아래인 파란색 등급이면 정상급이지."

"후훗, 그런가?"

세현은 재한의 말에 웃음을 터뜨렸다.

생각해 보면 그의 지금 경지는 이전 진강현이 실종될 당시에 비해서 조금 모자란 정도였다.

진강현도 강기를 사용하는 수준이었던 것으로 알려져 있었다.

물론 세현은 진강현이 에테르 서클을 네 개까지 그려냈다는 것을 알고 있었다.

다만 그렇게 에테르 서클의 수를 늘렸다고 해도 강기 이상의 경지에는 오르지 못했다고 다이어리에 적혀 있었다.

에테르 서클의 수도 중요하지만 그 이상으로 올라가기 위해선 에테르에 대한 깨달음이 필요하다는 이야기도 다이어리에 있었다.

그러니 굳이 에테르 서클의 수를 네 개로 늘리는데 연연하지 말고 에테르에 대한 고민에 더 많은 시간을 보내라는 조언이 있었다.

그리고 강기 다음의 경지로 진강현은 무협의 심검, 서양식으론 마인드 소드를 이야기하고 있었다.

'지금으로선 티끌 같은 실마리도 없으니 그건 나중 일이지. 다음 경지는 꽤나 시간이 지나고 생각을 해볼 문제지.'

세현은 그렇게 생각을 정리하며 재한과 호올을 바라봤다.

"그동안 무슨 일 없었어? 내가 알아야 할 특별한 일."

세현의 물음에 재한이 먼저 대답을 했다.

"일단 획기적인 사건 하나가 있었다. 이면공간의 지배자, 혹은 관리자가 등장했어."

"뭐?"

세현은 자신이 잘못 들은 것이 아닌가 싶은 생각까지 하면서 재한을 봤지만 그건 아니란 것을 알 수 있었다.

재한의 표정이 심상치 않았던 것이다.

"어떻게 된 건데??"

"지구의 에테르 수치를 낮추는 방법으로 에테르를 이면공간으로 옮기는 작업이 시작되었다."

"그러니까 쉽게 말해서 몬스터 사체를 이면공간으로 옮기기 시작했다는 이야기?"

"그래. 바로 그거지. 아무데도 쓸모없는 산업폐기물 같은 몬스터 사체를 천공기사를 동원해서 이면공간으로 밀어 넣기로 한 거지."

"그거 우리나라가 먼저 한 거냐?"

세현이 불안한 표정으로 물었다.

몬스터 사체에 대해서 이야기를 했던 것이 세현, 자신이 아니었던가.

만약 문제가 생겼다면 세현의 책임도 없다고 하기는 어려운 상황이었다.

"아니, 그나마 다행스럽게도 일본에서 먼저 했지."

"일본?"

"그쪽에 에테르 수치가 다른 쪽보다 높았어. 후지산을 중심으로 사방으로 에테르와 전자기력의 충돌 범위가 늘어나는 상황이었지."

"그래서 몬스터를 잡아서 최대한 이면공간으로 밀어 넣었다?"

"몬스터 사체가 주얼보다 에테르 총량이 훨씬 더 많다는 것은 이제 모두가 아는 사실. 지금까지 필요한 부분만 잘라 쓰고 남은 쓰레기들이 많았지."

"그걸 이면공간에 넣었는데 관리자가 등장했다면 당연히 제약을 걸었거나 심한 경우 벌칙이 있었겠네?"

세현이 상황이 좋지 않음을 느끼고 인상을 쓰며 물었다.

"그래. 이면공간에서 전투 필드 이외의 장소에 쓰레기를 버리면 안 된다는 내용이야. 거기다가 전투 필드에 쓰레기를 버리면 언젠가는 그 필드를 지워야 하지."

"코어 몬스터를 잡아야 한다는 거군."

"맞아. 바로 그거지."

"그건 나쁘지 않은 제안인 것 같은데?"

세현은 전투 필드에 몬스터 사체를 쌓아서 에테르 수치를 높이고 거기에서 등장하는 코어 몬스터를 잡는 것은 꽤나 괜찮은 사냥 방법이란 생각이 들었다.

"그렇기는 한데, 문제가 있어."

"문제?"

"정도 이상의 에테르 수치가 높아지면 이면공간의 등급이 조정되는 거야. 빨간색 등급이 주황색이 되는 거지."

"그게 문젠가?"

"빨간색 등급의 천공기사는 많아. 하지만 주황색 등급의 천공기사는 그보다 적지. 또 그 이상의 등급으로 올라가면 천공기사의 수는 급격히 적어지지."

"그 말은 쓰레기 분리수거를 높은 등급의 천공기사들은 하지 않을 거란 거군."

"뭐, 그런 거야. 그래서 빨간색 등급의 전투 필드가 빠르게 소진되고 나면, 그 후에는 지금의 방법을 쓰기 어렵게 된다는 거지."

"사라진 이면공간은 다시 나타나기도 하지 않나?"

세현이 물었다.

"그렇기는 한데, 전투 필드가 사라졌다고, 다시 전투 필드가 나타나는 것은 아니란 말이지. 사실 사라진 이면공간이 있던 자리에 에테르 기반 생명체 쪽이 아닌 일반생명체 쪽의 이면공간이 생겨야 하는 거잖아."

"그래야 에테르 기반 생명체들의 기반이 줄어드는 것이긴 하지. 그런데 우리 지구 입장에서는 쓰레기 하치장이 점점 줄어드는 결과가 된다는 거군. 그래서 결국은 쓰레기를 치우지 못하고 지구에 쌓아 둘 수밖에 없는 상황이 되는 거고?"

짝!

"맞아. 비유적으로 이야기하면 딱 그런 꼴이 된다는 거지."

재한이 박수까지 치면서 세현의 분석을 긍정했다.

"그래도 다행이네. 그 정도 경고에서 끝난 것을 보면."

세현은 그나마 다행이라고 생각했다.

하지만 그 말을 들은 재한의 표정이 심각하게 굳었다.

"…그게 전부가 아니야."

"음?"

"지구에서 이동할 수 있는 이면공간에서 이종족들을 철수하겠다는 발표가 있었어."

"뭐라고? 그게 무슨 소리야?"

세현이 깜짝 놀라서 소리를 질렀다.

반 에테르 기반 생명체 진영, 그러니까 일반 생명체 진영에 막대한 피해를 끼친 지구 인류에 대한 징계라고, 이면공간 주민들의 도움을 받지 못할 거라는 거지.

"환장하겠네."

"그래. 그렇지. 사실 이면공간 주민들에 도움을 알게 모르게 많이 받고 있는 상황에서 그들 모두가 사라진다면 끔찍한 일이지. 거기다가 그들이 그냥 사라지는 것이 아니라, 그들이 있는 이면공간 자체에 들어갈 수 없는 상황이 되는 것 같아."

"엄청난 숫자의 필드를 잃어버리게 되겠군."

"그렇지."

"대신에 이면공간 통로를 이용할 수 있는 통행증은 엄청난 가치를 지니게 되는 거고."

"음? 그렇게 되나?"

"이종족과의 교류를 포기하면 지구 인류는 결국 몬스터의 밥이 될 수밖에 없어. 우리가 아무리 잘난 척을 해도 이면공간의 주민들에 비하면 에테르에 대해선 걸음마 수준일 뿐이야."

세현은 그렇게 말을 하면서도 안색이 흐렸다.

자신이 가지고 있는 통행증의 가치가 올라간 것보다는 인류에게 닥친 위기가 훨씬 더 크게 느껴진 탓이었다.

"아무튼 상황이 긴급하니 일단은 붉은색 전투 필드에 몬스터 쓰레기를 버리기로 결정을 했어. 그래도 지구의 에테르 수치를 낮추기는 해야 하니까."

"그보다는 지구에 에테르 코어가 있는지부터 확인을 해야 하는 거 아냐?"

"그 노력은 전 세계적으로 하고 있는데 성과가 없어. 대신에 대대적인 몬스터 토벌과 함께 이면공간 레이드를 계획 중인 모양이야."

"이면공간 레이드?"

"지구로 몬스터를 쏟아내는 이면공간들을 어느 정도 파악한 거지. 그곳을 쓸어버리면 지구로 유입되는 몬스터의 수가 그만큼 줄어들 테니까 레이드를 하겠다는 거야."

"그렇군. 그럼 나도 준비를 좀 더 해야겠군. 지금 상태론 제대로 싸우지도 못할 테니까."

세현은 이면공간 레이드에 참가하게 될 경우를 생각해서 수련에 좀 더 힘을 쓰기로 했다.

'전체를 위한 행사에 빠지면 나중이 괴로워지겠지. 태극에서도 우릴 가만히 놓아두진 않을 테고.'

세현은 그렇게 생각했고, 그 예상은 틀리지 않았다.

Chapter 7

이면공간 레이드에 참가

키에에엑! 파트트틋! 콰과꽉!

"차앗! 타앗!"

콰지직! 퍼벅! 터덩!

집게발을 앞세운 몬스터의 머리가 박살 나며 쓰러졌다.

주변에는 엄청난 숫자의 몬스터들이 쓰러져 있었다.

"질릴 정도군. 혼자서 이곳 필드의 몬스터를 모두 처리할 기세야."

"그러게. 저게 말이 되는 거야? 검과 방패를 사용해서 공격을 하는 것도 그렇지만 그와 동시에 마법 공격을 하다니 말이야."

"그게 다가 아니지. 앙켑스, 그거까지 사용하잖아. 아무리 노란색 등급 몬스터라도 이렇게 쉽게 잡혀서는 안 되는 거라고."

마지막 몬스터가 쓰러지고 나자, 세현의 곁으로 세 명의 호올이 다가오며 수다를 떨었다.

"오늘은 여기까지 하자."

세현이 사냥 종료를 선언했다.

그러자 세 명의 호올이 한 명으로 합쳐졌다.

"무섭군. 너는 정말 대단하다. 이 필드는 조만간 평범한 필드가 되겠다."

하나가 된 호올이 세현을 향해 감탄을 숨기지 않고 말했다.

"앙켑스 덕분이지. 앙켑스가 주얼을 만드는데 도움이 되니까 말이야."

"그렇지. 보통은 열 마리에 하나도 나오기 힘든 주얼이 거의 매번 나오고 있으니까. 그만큼 에테르가 고정되어 사라지는 효과가 있지."

호올이 세현의 말에 동의했다.

사실 몬스터 사냥을 지속적으로 해서 그 공간의 에테르 수치를 낮추는 것은 쉽지 않은 일이다.

에테르를 주얼로 만들거나 혹은 몬스터 사체를 이면공간 밖으로 빼돌리지 않는 이상 에테르 수치는 거의 낮아지지 않는다.

물론 계속해서 몬스터를 만들거나 이면공간의 유지를 위해서 소비되는 에테르도 있지만, 그만큼 코어가 에테르를 만들어내기도 한다.

그런데 세현의 사냥은 경우가 많이 달랐다.

앙켑스를 이용하면 거의 모든 몬스터에게서 주얼이 나왔다.

몬스터 주얼 스무 개면 몬스터 한 마리 분량의 에테르가 감소하는 효과가 있는데, 세현은 하루에도 수백 마리가 넘는 몬스터를 잡았고, 그만큼의 주얼을 만들었다.

당연히 그만큼 그곳 이면공간의 에테르 수치는 낮아질 수밖에 없었다.

그런 날들이 쌓이고 쌓이면 결국 호올의 말대로 이면공간 하나를 완전히 안정시키는 결과를 만들 수 있을 것이다.

"이제 강기도 자유자재로 사용하는 것 같더군. 발전 속도가 빨라."

"아직 멀었지. 이것도 마음먹은 순간에 즉시 사용할 수 있을 정도로 숙달이 되어야 하는데 말이지."

세현이 손 위로 강기를 뽑아 검을 만들며 말했다.

이전보다 강기의 검의 크기가 훨씬 커져 있었다.

"지금 정도면 충분하지 않나? 필요할 때 못 쓰는 경우는 보지 못한 것 같은데?"

"아니야, 좀 더 연습이 필요해."

세현은 호올이 이젠 충분하다고 해도 그 말을 받아들일 수가 없었다.

세현에게 기술의 완성은 각성 능력의 발현을 불러오는 것이었다.

지금까지 강기를 사용하는 것을 몸에 각인하지 못한 상황이라 자신이 모자란 점이 있다는 것은 분명했다.

"이번에 레이드를 간다면서?"

호올이 물었다.

"그래. 파란색 등급의 이면공간이라더군."

"파란색 등급의 전투 필드라… 위험하겠군."

"그쪽에서 몬스터가 쏟아지고 있어서 어쩔 수가 없지."

"필드가 변했다며? 한 필드에 여러 등급의 몬스터가 모여 있다던데?"

"우리 지구에 몬스터를 쏟아내는 필드만 그렇다고 하더라고. 그래서 구별이 쉽지. 여러 등급의 몬스터가 몰려 있는 필드는 곧 공략해서 없애야 할 필드가 되는 셈이니까."

"그래? 하지만 꼭 그런 것은 아닐 거야. 내가 아는 몇 곳도 그런 필드가 있었어. 여러 등급의 몬스터가 있는 곳. 어쩌면 그곳은 필드가 아니라 하나의 세상이었던 곳일지도 모르지만."

"음? 그게 무슨 말이야?"

세현이 오랜만에 호올의 입에서 새로운 정보가 나오자 관심을 보이며 물었다.

"이면공간이 아닌 원래 세상이 에테르 기반 생명체들에게 점령이 되면 그런 모습이 되는 거지. 여러 등급의 몬스터들이 혼재해 있는 그런."

"생각해 보니 그렇긴 하겠네. 하지만 지금 지구에 나타난 공간들은 분명히 이면공간인데?"

"어쩌면 쪼개진 것일지도 몰라. 원래는 다른 어떤 세상이었는데 에테르 기반 생명체들에게 점령이 되고, 그것이 다시 분할되어서 이면공간으로 바뀐 건지도 모르지."

"그게 가능한가?"

"그건 몰라. 하지만 너희 배반의 크리스마스 실험이란 것을 생각하면 전혀 가능성이 없는 것은 아니지. 너희 세상의 일부도 이면공간이 되었다면서?"

"음, 생각해 보니 그렇긴 하네."

세현은 호올의 말에 긍정을 할 수밖에 없었다.

지구에서 사라진 열세 곳의 실험장.

그곳이 지금은 이면공간이 되어서 각 트라딧의 거점으로 사용되고 있을 것으로 짐작되는 상황이었다.

그와 유사한 방법으로 하나의 세상을 쪼개서 이면공간으로 만드는 것이 불가능하진 않을 것 같았다.

"어쨌거나 조심하라고. 파란색 등급이라면 코어 몬스터도 엄청날 텐데? 그 정도면 보라색 등급의 몬스터보다 약간 약한 정도 아냐?"

"그렇다고 하더군. 하지만 이미 몇 번인가 잡힌 적이 있다고 하니까 크게 문제는 없을 거야."

세현은 파란색 등급의 코어가 이미 몇 번이나 등장한 적이 있다는 것을 내세워서 레이드의 위험을 크게 생각하지 않았다.

"그래도 조심하는 것이 좋을 거야. 너희 지구에 나타난 이면공간은 뭔가 일상적이지 않은 것 같으니까 말이야."

"지금까지 다른 이면공간의 주민들에게 들어봐도 지구는 특별한 경우지. 그 빌어먹을 실험만 아니었어도 그렇게 되지는 않았을 텐데 말이야."

"아무튼 조심해."

"그래. 고맙다. 자, 정리하고 돌아가자."

세현은 쓰러진 몬스터들이 조금씩 에테르로 변해 사라지기 시작하는 것을 보며 말했다.

"우리나라에서 진입이 가능한 파란색 등급의 이면공간은 딱 둘입니다. 그중에서 지금 우리나라에 몬스터를 보내고 있는 것은 남쪽의 파란색 이면공간입니다. 아무래도 천공 놈들의 실험이 거제도에서 벌어졌던 영향이 크다고 생각합니다."

레이드 출발에 앞서서 총괄 지휘를 맡은 태극 길드의 마스터가 짧게 연설을 시작했다.

"하필이면 파란색 등급이라니. 똥 밟은 거지."

"그래도 미국보다는 나을 걸? 그쪽은 남색 등급도 하나 있다고 하던데?"

"자, 조용히들 하십시오. 때문에 우리는 우리나라에 몬스터를 보내는 이면공간을 정리하기로 했습니다. 이번 레이드의 목적은 최대한 많은 몬스터를 처리하고 또 에테르 주얼을 획득하는 것입니다. 그리고 가능하다면 코어 몬스터를 잡는 것을 최종 목적으로 합니다."

코어 몬스터를 잡아서 이면공간 자체를 없애면 좋겠지만 그게 아니라면 최대한 에테르 수치를 낮추는 것이 레이드의 목적이란 소리였다.

"파란색 등급의 코어 몬스터란 말이지… 그것 참."

"가능하긴 한가?"

"인원이 백 명이 넘는데 가능하지 않겠어?"

"여기 안 나온 놈들도 있을 텐데?"

"평소 거들먹거리면서 하위 등급 천공기사들 앞에서 기고만장 하던 놈들이 정작 사냥을 한다니까 꼬리를 말았지."

"아무튼 돈 기사 놈들을 이참에 정리를 하던가 해야지. 그런 놈들 때문에 우리들이 도매 급으로 욕을 먹는 거라고."

레이드에 참가한 천공기사들 사이에서 불참한 이들에 대한 비판이 쏟아져 나오기 시작했다.

위험에서 도피한 이들에 대한 분노였다.

"조금 더 많은 인원을 투입할 수 있었으면 좋겠지만 최소한의 방어 인원은 남겨 둬야 했습니다. 그 때문에 이 자리에 없는 파란색 등급 이상의 천공기사님도 계시니 레이드에 참가하지 않았다고 해서 무조건 매도할 수는 없습니다."

하지만 태극 길드의 마스터는 이곳에 없는 이들 중에서 일부는 몬스터와의 접경 지역을 방어하는데 참가하고 있다고 말했다.

"하긴 그쪽도 위험하긴 하겠지? 우리들이 모두 이곳에 있으면?"

"그렇지. 요즘은 파란색 등급의 몬스터들도 자주 나오고, 간혹 특이 몬스터들의 모습도 보인다고 하던데 말이지."

"자, 그럼 지금부터 진입을 하겠습니다. 모두 천공기를 가동해 주십시오."

태극 길드의 마스터가 결국 레이드를 선언했다.

세현은 살짝 긴장한 표정으로 천공기를 활성화시켰다.

스화화화홧!

＊　　　　＊　　　　＊

등급이 높은 이면공간은 워낙 넓기 때문에 지형이나 기후가 위치에 따라서 변하는 경우가 있었다.

하지만 대한민국의 남쪽에서 진입하는 파란색 등급의 이면공간은 지형이나 기후만 놓고 본다면 대한민국과 별반 다를 것이 없었다.

심지어는 사계절의 변화까지 나타나는 곳이 대한민국의 남쪽 파란색 등급 이면공간, 화개장터였다.

"자, 지금부터 화개장터 레이드를 시작하겠습니다."

모든 천공기사의 입장이 끝나자 태극 길드 마스터가 천공기사들을 향해 외쳤다.

"화개장터는 무슨, 화장터지."

천공기사 중에 하나가 구시렁거리듯 중얼거렸다.

대한민국 남쪽의 경상도와 전라도 지역에서 입장이 가능하다는 이유로 지역감정이 없는 이름을 찾겠다고 찾은 이름이 화개장터인 필드였다.

서로 화합해서 잘해 보자는 뜻으로 지은 이름인데, 의외의 사태로 지금은 희생자들이 많이 나오는 곳이라서 '화장터'라는 좋지 못한 이름으로 불리기도 했다.

"부탁을 좀 하겠네. 정말 중요한 일이란 것을 알아주게."

그때, 태극 길드의 마스터가 세현에게 직접 찾아와서 부탁을 했다.

그리고 세현 주위에 다섯 명의 태극 길드원들을 배치했다.

"또 뵙는군요."

"이번에도 잘해봅시다."

그중에는 카피로 필드에서 함께 작전을 했던 이들도 있었다.

"이들의 임무는 세현, 자네를 지키는 거네. 이번 레이드에서 가장 중요한 사람이 세현, 자네란 사실을 잊지 말게."

"굳이 이럴 필요는 없을 텐데요. 저도 제 앞가림은 할 수 있습니다만."

세현은 태극 길드 마스터의 배려가 너무 과한 것이 아닌가 싶어서 사양하려 했다.

"우리들이 열 마리의 몬스터를 사냥해서 코어 하나를 얻어서 나가는 것과 열 마리의 몬스터를 사냥해서 코어 여덟, 혹은 아홉을 가지고 나가는 것은 큰 차이가 있네. 사냥 효율만 따져도 800% 이상의 효과가 있는 거지. 단지 세현, 자네가 있다는 것만으로 그런 효과가 있다는 말이네. 그런 사람을 소홀히 대할 수는 없지."

"그것 참, 곤란하군요. 앙켑스를 사용하는 것은 이미 허락을 했지만 굳이 저를 드러낼 생각은 없었는데 말입니다."

"숨긴다고 숨겨질 것 같았으면 그 생각을 존중했겠지만 어차피 레이드를 하다 보면 다 드러날 일이네. 사실상 세현, 자네의 그 능력은 인류의 미래를 위해서도 꼭 필요한 것이네. 에테르 수치를 크게 낮출 수 있는 방법이나 다름이 없지 않나. 주얼로 만들어진 에테르는 수치에 영향을 주지 않는 봉인된 상태나 마찬가지고, 유일하게 에테르를 다른 형태로 변화시켜 소비할 수 있는 방법이니까."

"그렇습니다. 세현 씨는 그렇게 중요한 사람이지요. 그러니 스스로를 조금 더 귀하게 여길 필요가 있습니다."

마스터의 말에 카피로 필드 작전에서 팀장으로 참가했던 사람이 첨언을 했다.

세현은 가면으로 얼굴을 가리고 있었지만 팀장과 활을 사용하던 천공기사의 목소리는 확실하게 기억하고 있었다.

"그렇게 생각을 해주시니 고맙긴 합니다만, 그렇다고 내가 인류를 위한 희생 따위의 구호에 혹할 사람은 아니란 것을 아실 거라고 생각합니다. 저는 꽤나 자기중심적인 사람이라서 말입니다."

세현은 마스터와 팀장의 말에 선을 확실히 그었다.

앙켑스의 가치가 그렇게 높다고 해도 그 때문에 여기저기 끌려다니며 일을 해줄 생각은 없다는 의지를 분명히 한 것이다.

"흐음. 알겠네. 강제로 뭘 어떻게 할 수는 없는 일이겠지. 하지만 이번 레이드에선 이들의 호위를 받게. 그게 우리도 마음이 놓이니 말이네."

"알겠습니다. 일단은 그렇게 하지요. 그럼 한동안은 앙켑스와 원거리 마법 공격으로 후방 지원을 하는 것으로 하겠습니다."

"그렇게 하게. 원래 그게 자네의 역할이었지 않나. 그리고 부탁하네."

태극의 마스터를 세현의 어깨를 툭툭 두드리고는 등을 돌려 레이드 진형의 앞쪽으로 향했다.

그동안 태극 길드 마스터의 행동을 지켜보던 다른 천공기사들이 호기심과 의혹이 가득한 눈빛으로 세현을 바라보고 있었다.

"자, 그럼 출발합니다. 아시겠지만 보이는 족족 사냥하고, 주얼만 챙깁니다. 코어 몬스터가 나타나기를 기대해 봅시다. 출발!"

태극 길드 마스터의 선언과 동시에 백 명이 넘는 천공기사가 일제히 움직이기 시작했다.

울며 겨자 먹는 거야? 귀환 못해!

'에테르 스킨이 많이 약해진 놈만 공격해. 많이 할 필요도 없어. 그냥 한 방씩만 먹여. 그럼 나머진 알아서 하니까.'

[음음! 콩쥐, 잘해! 음!]

[⋯으음.]

세현의 머리 위에는 세 개의 에테르 마법진이 희미하게 떠 있었다.

그리고 그 마법진에서는 불덩어리가 날아가는데 몬스터 하나에 꼭 한 방씩만 날아갔다.

그리고 그 불덩이에 맞은 몬스터는 주변 천공기사들의 집중 공격을 받았다.

세현이 일일이 앙캡스에 걸린 몬스터를 지적해 줄 상황이 아니었기에 생각해낸 방법이었다.

세현의 마법 공격이 일종의 타깃 지정인 셈이다.

에테르 스킨이 약해진 몬스터를 콕 찍어주면 천공기사들이 우르르 달려들어 한꺼번에 처리를 한다.

물론 처음부터 그런 협조체계가 잘 이루어진 것은 아니었다.

처음에는 천공기사들이 우르르 달려들어 몬스터를 손쉽게

처리했다.

등급이 높지 않은 몬스터들은 그야말로 썰려 나간다는 표현이 알맞았다.

하지만 문제가 있었다.

그렇게 죽은 몬스터들이 에테르 주얼을 내놓는 경우는 별로 없다는 것.

그런데 이상하게 세현 주변에서만 에테르 주얼이 자주 생성되었다.

주로 세현을 호위하고 있는 태극의 천공기사들이 잡은 몬스터에게서 에테르 주얼이 쏟아졌다.

이후에 정산을 하겠지만 에테르 주얼을 많이 획득한 사람이 정산을 많이 받을 것은 분명했다.

이번 레이드에서 주얼은 획득한 쪽이 30%의 지분을 가지고 나머지를 참가 인원수로 나누게 되어 있었다.

그런데 이상하게 한쪽에서만 몬스터 사냥 속도도 빠르고 주얼도 쏟아진다.

당연히 그쪽에 관심이 가지 않을 수가 없다.

그리고 은근 슬쩍 그쪽으로 사냥 방향을 바꾼다.

그런데 그게 또 효과가 있다.

에테르 주얼의 드랍 확률이 높아진 것이다.

그런데 그래도 태극 길드 천공기사들의 확률에 비하면 많이 낮다.

몬스터를 잡는데 걸리는 시간도 어떤 경우엔 빠르고 어떤 경우엔 느리다.

사냥이 계속되면서 그 이유는 분명하게 드러난다.

태극 길드의 호위를 받고 있는 세현이란 천공기사, 그가 뭔가를 하는 것이다.

태극 길드의 마스터가 나서서 직접 그를 챙기고 호위를 붙인 데는 모두 이유가 있었던 것이다.

"야, 우리도 같이 먹자. 니들만 먹으면 되냐?"

"그렇지. 함께 위험을 감수하는데 너희만 꿀을 빨면 안 되지."

결국 한바탕 전투가 끝난 후에 일반 천공기사들이 태극 길드에 항의를 했다.

그리고 그 상황에서 태극 길드의 마스터가 나서서 앙켑스에 대해서 알려줬다.

몬스터의 에테르 스킨을 깎아 내리고 동시에 에테르 주얼의 생성 확률을 높이는 스킬.

적용 시간이 좀 걸리기 때문에 에테르 스킨을 깎아 낼 때까지 기다려야 하고, 그래야 에테르 주얼이 높은 확률로 생성된다는 설명.

당연히 천공기사들은 열광했다.

그리고 그 뒤로 레이드는 세현을 중심으로 돌아갔다.

처음에는 세현이 일일이 '꿀쥐'의 미니맵을 보면서 공격 대상이 될 몬스터를 지정해 주었다.

하지만 그게 말로 설명하고 지정해 주기가 쉽지 않았다.

그래서 콩쥐가 제어하고 있던 에테르 마법진을 모두 화염구를 쏘는 것으로 바꾼 후에 공격 대상이 되는 몬스터에게 화염구 하나씩을 쏘게 했다.

그 뒤로는 일사천리였다.

세현은 최대한 에테르를 아끼며 앙켑스를 사용하는데 집중했고, '팥쥐'와 콩쥐는 미니맵으로 통해서 세현에게 정보를 전달하고, 에테르 스킨이 약해진 몬스터에게 불덩어리를 선사했다.

천공기사들도 한두 번 경험해 보자 곧바로 적응했다.

세현의 불덩어리 공격이 떨어지는 몬스터는 집중 공격을 하고, 그전까지는 방어로만 일관했다.

괜히 공격해서 에테르 스킨을 줄이면 에테르 주얼의 생성 확률이 떨어진다는 것을 확인했던 것이다.

"우하하하! 이거 내가 지금까지 얻었던 에테르 주얼보다 오늘 보는 것이 더 많은 것 같은데?"

"보는 것이 더 많은 게 아니라 니 손에 들린 것만 해도 많을 걸? 한 마리 잡을 때마다 에테르 주얼이 쏟아지는 것은 정말 굉장하잖아."

"그런데 등급이 높은 놈들은 조금씩 확률이 떨어지는 것 같지?"

"그야 그런 놈들은 그냥 맞아줄 수가 없어서 반격을 하기도 하니까 그런 거잖아. 에테르 스킨이 그 앙켑슨가 하는 것으로 무력화되는 것도 있지만, 공격을 받아서 상쇄되어서 사라지는 것도 있으니까."

"그럼 등급이 높은 놈이라도 에테르 스킨이 완전히 사라질 때까지 방어만 하다가 잡으면?"

"당연히 에테르 주얼이 뚝! 떨어지겠지."

"크하하하. 이거 정말 엄청나네. 저놈, 이름이 세현이라고?"

"그래. 진세현. 미래 길드의 마스터라더라."

"미래 길드? 거기 방어구 만드는 군수 업체가 있는 곳이잖아. 얼마 전까지 장인 필드의 대리인이었고."

"그랬지. 지금이야 그 일본 놈들 때문에 이종족들 있는 필드 엔 들어가지도 못하니 대리인은 물 건너갔지만."

"캬아, 대단한데? 그런 길드의 마스터란 말이야? 그런데 왜 혼자야? 길드원은?"

"길드원 중에 파란색 등급 천공기 주얼을 가진 사람이 없는 모양이지. 그러니까 혼자 왔겠지."

"음? 저 정도면 파란색 등급 천공기 주얼도 구하려면 구할 수 있는 거 아닌가?"

"미래 길드가 이름이 나기 시작한 것이 그리 오래 되지 않았 으니까 아직 준비가 안 된 모양이지."

"그런가? 아무튼 이거 정말 좋은데? 이러다가 배낭 가득 주얼 을 채우는 거 아냐?"

"하하하. 그것도 가능할 것 같은데 이런 추세면?"

천공기사들은 신이 났다.

몬스터를 상대하는 것이 이렇게 쉬울까 싶을 정도로 사냥이 쉬웠다.

때문에 분위기는 많이 흐트러져 있었다.

*   *   *

[음음! 위험해! 위험!]

[으으음……!]

세현은 흙바닥에 앉아서 휴식을 취하다가 갑자기 들려온 '팥쥐'와 콩쥐의 경고에 벌떡 몸을 일으켰다.

"뭡니까?"

동시에 곁에 있던 태극 길드의 팀장이 몸을 경직시키며 세현 곁으로 붙어 섰다.

"몬스터가 옵니다! 방어! 방어태세!!"

세현이 고함을 질렀다.

그의 눈에만 보이는 미니맵 외곽 전체를 가득 메우며 붉은색의 점들이 나타나서 접근하고 있었다.

"포위되었습니다! 최대한 방어에 유리한 지형으로 이동, 저기 언덕이 좋겠습니다!"

세현은 고함을 지르며 몸을 날렸다.

"뭐야? 무슨 소리야?"

"몬스터에게 포위된 상태라잖아. 병신아, 달려!"

"지랄, 그걸 어떻게 안다는 거야?"

"아무튼 달리기나 해!"

"모두 짐을 챙겨! 이동, 이동한다!"

"니기미, 아니기만 해봐! 아주 그냥!"

"죽고 나서 후회하지 말고 일단 움직이자. 미래 길드 마스터가 움직인 거잖아. 뭔가 있겠지."

천공기사들은 하나같이 투덜거리면서도 동작은 전광석화였다.

내려놓았던 짐을 챙겨들고 세현의 뒤를 따르는데 백여 명이 한꺼번에 움직인 듯이 별로 거리가 벌어지지 않았다.

세현은 일단 방어에 유리할 것 같은 언덕을 목표로 달렸다.

"몬스터가 우릴 포위했다고?"

태극 길드의 마스터가 세현 곁으로 따라붙었다.

"그렇습니다. 거리가 500미터 이상 떨어져 있기는 하지만 빈틈도 없이 우리들을 중심에 놓고 천천히 접근하는 중입니다."

"그건 별로 좋은 징조가 아닌데?"

"제 생각도 그렇습니다. 아마도 그 몬스터들을 지휘하는 놈이 있을 겁니다."

"코어 몬스터?"

"그게 아니라면 특이 몬스터겠지요. 꼭 코어 몬스터만 그런 능력이 있을 거라고 단정할 수는 없으니까요. 여기 필드의 넓이가 자그마치 경상 남북도와 전라 남북도를 합친 것보다 넓다면서요? 이런 곳이니 몬스터가 얼마나 많겠습니까?"

"한동안 구심점이 없이 당하다가 이제 무리를 지어서 조직적으로 대항을 하겠다는 건가?"

"대항일지 사냥일지는 모르죠. 하지만 숫자가 장난이 아닙니다."

"그럼 바로 복귀해야 할지도 모르겠군."

"솔직한 심정으론 지금 당장 일제 귀환을 하는 것이 좋겠다는 생각입니다만, 몬스터 얼굴도 못 보고 그런 결정을 하면 반발이 장난이 아니겠지요?"

"그것도 그렇지. 일단 저 위에서 상황을 보고 결정하지."

태극 길드의 마스터가 속력을 높여 앞으로 달려가 언덕 위로 올랐다.

그리고 그가 언덕 정상에서 주변을 살필 때, 세현을 비롯한 천공기사들이 일제히 언덕 위에 도착했다.

"…사방이 몬스터군요."

태극 길드의 활을 사용하는 천공기사가 먼 곳에 시선을 던지면서 중얼거렸다.

그 역시 세현의 호위 역할을 하는 중이었다.

"감당할 수 있을까요?"

세현이 물었다.

그 질문에 태극 길드의 대원들이 그들의 마스터를 바라봤다.

"일단 보이는 것은 등급이 낮은 몬스터들이 대부분인데, 막상 싸움이 시작되면 일제 귀환은 불가능해진다는 것이 문제지. 싸우기 시작하면 끝장을 봐야 하는데……."

"우리가 뭐 놀러 왔습니까?"

"맞습니다. 싸워보지도 않고 후퇴하는 건 좀 그렇죠. 그럴 거라면 레이드 팀을 만든 것도 별 의미가 없는 거 아닙니까?"

"맞습니다. 찾아가기 힘든데 몰려와주면 좋은 거죠."

하지만 태극 길드 마스터의 생각과 다른 천공기사들의 생각은 확연히 달랐다.

그들은 일제 귀환이란 것은 아예 고려할 생각도 없는 듯했다.

"하지만 여러분은 대한민국의 미래입니다. 만약 여기서 큰 피해를 입게 되면 대한민국은 힘든 상황이 될 수밖에 없습니다."

태극 길드 마스터가 곤혹스러운 목소리로 천공기사들을 향해 말했다.

가면 밖으로 드러난 그의 눈빛에 난감한 기색이 역력했다.

"그래서 지금 여기서 돌아가자는 겁니까?"

천공기사들 중에 한 사람이 목소리를 높여 물었다.

"제 생각은 그렇습니다. 여기서 희생을 각오할 이유는 없다고 봅니다."

"뭐, 그것도 크게 틀린 생각은 아니지. 우리가 숫자가 많다고 너무 흥분한 것 같기도 하고."

"그것도 그렇네. 제일 중요한 것이 목숨이지. 언제부터 우리가 위험을 무릅쓰고 어쩌고 한 거야?"

"맞아. 이번에 얻은 주얼만 해도 상상도 못할 정도라고. 이 정도를 일반적인 사냥으로 얻으려면 열흘은 꼬박 사냥을 해야 하는 거라고. 우린 지금 열흘 동안 레이드 한 정도의 성과를 얻은 거야."

"그렇게 보면 여기서 일제 귀환을 해도 나쁘지 않지. 그리고 다시 장소를 옮겨서 다른 곳에서 입장해서 사냥을 하는 것도 한 방법이고."

"그렇지. 내 말이! 여기서 나가서 다른 곳에서 다시 입장. 그리고 포위가 되면 곧바로 귀환! 어때?"

"좋은데? 천재야? 너?"

"저거 꼴통인데? 무슨 천재? 하하핫."

"야, 다 좋은데, 아직 천공기 주얼 충전이 안 된 사람들도 있다고. 그럼 어쩌란 거야?"

그때, 의외의 변수가 생겼다.

천공기의 주얼을 충전하지 못한 이들이 있었던 것이다.

"아니, 입장할 때부터 강조하지 않았습니까? 제일 중요한 것이 복귀를 위한 천공기 주얼 충전이라고 말입니다. 그런데 어째서 아직까지……."

"저, 그게… 남들 다 싸우는데 우리만 에테르를 모으면서 쉬고 있기가 미안하고 해서 전투에 참가를 하다 보니 그게……."

태극 길드 마스터의 고함에 천공기 주얼을 채우지 못한 이들을 대표하듯 한 명이 나서서 미안한 기색이 역력한 표정으로 말했다.

"뭐여? 그럼 일제 귀환 못하는 거야? 하, 이거 참."

"그럼 결국 싸워야 한다는 거네 뭐."

"에구구. 어째 일이 잘 풀린다 싶었더니 결국 이렇게 되네."

"아니, 새끼들이 지들 때문에 이 사람들이 다 남아서 싸우다가 죽게… 컥! 왜 그래?"

천공기 주얼을 충전하지 않은 이들을 비난하던 천공기사는 동료가 휘두른 주먹에 옆구리를 맞고 인상을 썼다.

"지금 그 말을 해서 무슨 도움이 되냐? 이 병신아. 어차피 함께 싸워야 할 동료야. 그런데 도움도 안 될 소리로 서로를 탓하게 할 이유가 어딨어?"

"에구구. 아파, 자식아! 그리고 미안합니다. 제가 좀 단순해서."

그는 동료에게 화를 내면서도 다른 천공기사들을 향해서 고개를 꽉 숙였다.

"우리가 미안하지. 우리 때문에 모두가 남아서 싸우게 생겼으니."

"그렇지."

"그래도 지금부터 당분간은 전투에 참가하지 말고 일단 충전부터 하쇼. 정말로 위급 상황이 되면 각자도생해야 할지도 모르니까 말이오."

"으음, 알겠습니다."

"자자, 저기 지긋지긋한 것들이 몰려옵니다. 한바탕해 봅시다. 거기 미래 길드 마스터님, 잘 좀 부탁합시다."

"그렇지. 미래 길드 마스터님, 잘 부탁합시다. 몰려오는 꼴을 보니 이거 간단하지 않을 것 같은데 말입니다."

"자, 모두들 방어 태세, 앞쪽으로 방어에 능한 분들, 뒤쪽으로 근접 딜러, 안쪽으로 원거리 공격수와 미래 길드 마스터. 이 진형을 유지합니다. 건투를 빕니다."

태극 길드 마스터가 간략한 방어진을 지시하고는 그 역시 최전방의 천공기사들 틈으로 끼어들었다.

'팥쥐'의 새로운 능력

쿠롸롸롸롸롸! 쿠롸락! 쿠오오오오오!

"도대체 어떤 새끼야? 저 새끼!"

"그러게, 고함소리 한 번 작살이네. 거기다가 저 소리에 하급 몬스터들이 반응해서 움직이고 있어."

"그러니까 하는 말이잖아. 도대체 이게 말이 되냐고. 이렇게 많은 몬스터를 한꺼번에 통제해서 군대처럼 움직이다니, 웃차! 죽어!"

카드드득! 카가강!

"젠자앙! 에테르 스킨 만빵이다!"

"잘 보고 해야지. 그거 아직 불 점 안 찍힌 놈이야! 방어만 해! 으라차찻!"

서거걱! 키에에엑!

"야, 그건 잡아. 주황색까지는 앙켑슨가 하는 거 안 써 준다고 했잖아. 미래 길드 마스터도 에테르가 무한은 아니라고!"

"이거, 주황색이냐? 에라아!"

콰드득! 촤좍!

"정신들 차려! 빨간색 주황색 등급은 알아서 처리해! 가까이 붙여 두지 말고!"

"커억! 아아! 한 방 맞았어!"

"뒤로 빠져! 여기 지원! 이놈 빠르고 강해!"

"내가 간다!"

언덕 정상을 중심으로 원을 형성한 천공기사들의 방어는 단단하게 유지되고 있었다.

하지만 몰려드는 몬스터들의 공세는 여전히 거세게 이어진다.

언덕 아래, 숲 속에 얼마나 많은 몬스터가 숨어 있는지, 일반 천공기사들은 알지 못했다.

하지만 세현은 상황이 어렵다는 것을 알고 있었다.

세현이 보는 미니맵에는 숲 자체가 붉은 물감을 뿌려놓은 듯이 뻘겋게 보였다.

그만큼 많은 몬스터들이 몰려 있다는 소리였다.

"승산이 없겠어."

세현이 고개를 저었다.

"뭐라고 했습니까?"

태극 길드의 활을 쓰는 천공기사가 바로 곁에 붙어 있다가 세현의 말소리를 흘려듣고는 되물었다.

"숲에 보이지 않는 몬스터들의 수가 너무 많습니다. 지금 우리가 상대하는 놈들보다 훨씬 많고, 예상대로라면 등급 평균도 높을 겁니다."

"후우! 그거 나쁜 소식이군요."

"처음부터 전체 귀환을 해야 했습니다. 이대로라면 희망이 없을지도 모릅니다."

세현은 천공기사들의 전력이 모자란다는 생각을 하지 않을 수 없었다.

화개장터, 경상도 전체와 전라도 전체를 합친 것보다 더 넓다는 파란색 등급의 이면공간이었다.

세현은 그런 곳에 고작 백 명이 조금 넘는 인원으로 레이드를 나선 것은 어쩌면 오판이었을지도 모른다는 생각을 했다.

"지금으로선 방법이 없습니다. 최대한 버텨 보는 수밖에. 그리고 최후의 순간에는 선택을 해야겠지요."

태극의 활 천공기사가 속삭이듯 작은 목소리로 그렇게 말을 하고는 다시 활을 쏘기 시작했다.

세현도 아직은 방어 진형이 무너진 것은 아니니 좀 더 지켜 보자는 생각으로 앙켑스를 부지런히 뿌렸다.

"으악!"

"커억! 파란색 등급이다! 조심!"

콰광!

한쪽에서 파란색 등급의 몬스터가 나타나 천공기사 몇이 뒤로 밀리자 곧바로 대기 중이던 천공기사 셋이 달려가 지원을 했다.

"지랄 드디어 본진 등장이냐? 다 죽게 생겼네……."

"하아, 지금까지 버틴 것도 용하다. 이 정도 잡았으면 정말로 엄청난 거지."

"사라진 몬스터 사체가 얼만지도 모르겠지만 저 바닥에 깔려 있는 에테르 주얼들 봐라. 무슨 자갈이냐? 저렇게 깔려 있게?"

"하악, 하악! 이젠 에테르도 거의 떨어지는데 이거 끝이 있긴 한가?"

"흐읍, 없을 걸? 저 숲은 몬스터를 만들어 내는 능력이라도 있나 봐. 자꾸만 나오네. 윽!"

그래도 여유가 있는지 이야기를 나누며 몬스터를 상대하던 천공기사는 몬스터의 방망이 공격을 제대로 흘려내지 못해서 신음 소리를 토했다.

콰과과과과과광!

그때, 뒤쪽에서 불덩어리 십여 개가 연속으로 파란색 등급의 몬스터에게 쏟아지며 폭발했다.

하지만 에테르 스킨 때문에 몬스터를 뒤로 물러나게 한 효과 이상은 보지 못했다.

"앙켑스, 그거 저놈에게 적용 되려면 좀 더 있어야 하는 건가 보네?"

"그렇겠지. 파란색 아니냐. 으아압!"

콰광!

"크으! 울컥!"

횡으로 들어오는 몬스터의 공격을 이번에는 흘리지도 못하고 정면으로 받은 천공기사가 피를 한 모금 토했다.

"빠져!"

"젠장, 갔다오마."

피를 흘리는 천공기사가 곧바로 뒤로 물러나며 손을 들었다.

그러자 세현의 앙켑스가 그 기사에게 들어갔다.

상처 회복에 도움이 되는 기운을 증폭시키는 앙켑스 에테르였다.

"으하, 죽지는 않겠네. 흐으."

털썩! 앙켑스를 받은 천공기사가 흙바닥에 털썩 주저앉았다.

"괜찮은가? 얼굴이 창백하군."

태극 길드의 마스터가 중앙에 있는 세현에게 다가와 물었다.

"아직은 버틸 만합니다."

"알고 있겠지만 상황이 좋지 않네."

"그렇게 보이네요."

"어쩔 수 없이 최후의 선택을 해야 할 것 같네. 그조차도 시간을 끌다간 해보지도 못하게 될 것 같으니."

"모두들 짐작하고 있겠지요. 하지만 누가 스스로를 희생하려고 하겠습니까?"

"일단 우리 길드원 열 명이 나서고, 나머지는 자원을 받아야지. 있을지는 모르겠지만."

"열 명이면?"

"나도 포함이 되는 거네. 사실 난 홀로 남아도 어느 정도는 희망이 있지. 몬스터를 돌파하거나 어느 정도 시간을 벌기만 하면 귀환을 할 수 있을 테니까 말이야. 우리 대원들도 제법 주얼 활성화시간이 빠른 편이니까 몇 명은 살 수도 있겠지."

태극 길드의 마스터는 가면 뒤에서 답답하고 번거로운 마음이 드러나는 눈빛으로 세현을 보았다.

"알겠지만 자넨 우리들 중에서 제일 먼저 귀환을 해야 하는 재원이네. 다른 몇 명의 천공기사보다는 자네가 더 중요하지. 사람의 가치를 따질 수는 없지만, 능력의 차등은 따질 수 있는 게지. 그러니 자네 먼저 귀환을 하게."

"그럴 수는 없습니다. 저는 천공기 주얼을 활성화하는데 5초 정도밖에 걸리지 않습니다. 그런 제가 남는 것이 당연하지 않겠습니까?"

"5초라… 굉장히 짧은 시간이군. 하지만 그 사이에 몬스터의 공격을 받게 되면 끝장이란 것도 알지 않나. 주얼을 활성화시키다가 소모된 에테르 때문에 충전을 다시 해야 한다는 거 말이네. 그런 위험을 감수하게 할 수는 없네."

태극 길드의 마스터는 단호하게 세현의 주장을 반박했다.

"그렇습니다. 지금까지 세현 씨, 아니, 미래 길드 마스터께선 할 도리를 다 했습니다. 이나마 버틴 것이나, 이렇게 많은 전과를 올린 것도 모두 마스터 덕분입니다. 먼저 귀환을 한다고 해도 누가 비난을 하겠습니까?"

"당연한 말이네. 그리고 자네가 가고 없다고 해서 우리가 모두 전멸을 하는 것도 아니지. 순차적으로 귀환을 시킬 테니까 말이야."

"아무리 그래도 아직은 아닌 것 같습니다."

세현은 여전히 앙켑스를 사방으로 뿌려대며 태극 길드 마스터의 제안을 거부했다.

사실 세현은 믿는 구석이 있었다.

몬스터들에게 포위가 된다고 해도, 귀환 시간을 버는 정도는 충분히 할 수 있을 것 같았다.

지금 사용하고 있는 에테르 마법진의 수는 겨우 셋, 하지만 그보다 많은 수의 마법진을 만드는 것도 가능할 것이다.

그리고 그렇게 만들어진 마법진으로 몬스터들을 공격해서 다가오지 못하게 막는다면 귀환 시간 정도는 충분히 벌 수 있었다.

'가능하지?'

[음음! 난 더 대단할 수 있어. 대단히 대단히 대단한 거!]

'무슨 소리야?'

[음. 세현, 함께 다른 사람들. 할 수 있어. 음음!]

'뭐? 나 말고도 다른 사람들까지 포함해서 에테르 마법진으로 보호할 수 있다는 거야? 귀환할 때까지?'

[음! 난 대단히 대단히 대단한 거 할 수 있어! 음음!]

'꿀쥐'가 그렇게 대답하며 뭔가를 홀로그램으로 보여주었다.

그것은 일단의 사람들을 수십 개의 에테르 마법진으로 보호하며 사방으로 마법을 쏟아내는 광경이었다.

'몇 명이나 가능할까? 이 안쪽에?'

[음. 많이! 음음!]

세현은 '꿀쥐'의 대답에 홀로그램 안에 있는 사람들의 수를 헤아려 봤다.

스물 남짓한 인원이었다.

"태극 길드 마스터!"

세현이 급하게 태극 길드 마스터를 불렀다.

그리고 다가온 마스터에게 후퇴 계획을 설명했다.

"에테르 주얼 활성 시간이 짧은 사람들을 선별해서 끝까지 방어를 맡기고, 그 사이에 활성 속도가 느린 사람들을 귀환 시키죠. 그리고 마지막에 스무 명 정도는 제가 귀환 시간을 벌 수 있을 것 같습니다."

"음? 그게 정말인가?"

"당연하죠. 저도 끝까지 남아 있어야 하는 작전인데 거짓말을 하겠습니까?"

"그야 그렇겠지만 믿기지가 않아서 말이네."

"하지만 보호할 수 있는 시간은 전부 합쳐도 10초 내외가 될 겁니다. 그러니 그보다 빨리 천공기 주얼을 활성화시켜서 귀환할 수 있는 능력자들을 선별해야 합니다. 그리고 당연히 몬스터들을 상대로 어느 정도 방어할 수 있는 실력을 가진 사람들이어야 하고요."

"알겠네. 지금 당장 알아보지."

태극 길드 마스터는 급하게 움직이기 시작했다.

전투 중인 천공기사들을 일일이 만나서 개별적으로 확인을 했다.

중요한 것은 천공기 주얼을 활성화시켜서 귀환하는데 걸리는 시간이 짧아야 한다는 것이었다.

"조금 애매하군. 10초 내로 가능한 사람은 겨우 열일곱이 전부네."

"그럼 그 인원만으로 방어를 해야죠. 일단 제일 느린 사람들부터 귀환을 시키고 그 차례로 가는 겁니다."

"그보다는 이렇게 하지요."

그때, 세현의 곁을 지키고 있던 태극 길드의 궁수 천공기사가 말문을 열었다.

"어떻게 말인가?"

태극 길드의 마스터가 물었다.

"따지고 보면 활성 시간이 오래 걸린다고 해도 30초입니다. 그럼 그 사람부터 1초씩 끊어도 20단계밖에 안 나오죠."

"그렇겠지."

"그럼 2초 정도로 끊어서 열 팀을 만드는 겁니다. 그래서 1팀이 귀환 준비를 하고 2초 후에 2팀이 그 곁으로 가서 귀환 준비를 하는 거죠. 그런 식으로 2초마다…."

"불가능합니다. 그렇게 해서는 마지막 남은 열일곱 명이 너무 넓은 범위를 지켜야 합니다. 중요한 것은 열일곱이 똘똘 뭉쳐서 최소한의 범위 안에 들어와야 제가 그들을 모두 보호할 수 있다는 거지요. 그러니까 순차적으로 사람들을 귀환시키면서 안쪽으로 모여야 하는 겁니다."

세현이 궁수 천공기사의 제안을 일축했다.

"아, 그렇군요."

"자네 계획은 아주 빠른 시간 안에 모두가 귀환하기엔 좋은 방법이지만, 마지막 사람들을 보호하지 못하는 맹점이 있군. 그럼 어쩔 수 없이 순서대로 사람들을 귀환시키고 이후에 남은 열일곱이 한꺼번에 귀환하는 것으로 하지."

태극 길드 마스터를 그렇게 결론을 내고는 곧바로 천공기사들을 향해서 목소리를 높여서 귀환 계획을 발표했다.

이미 천공기 주얼 활성화시간을 파악해 뒀기 때문에 사람들의 귀환 순서를 정하는 것은 문제가 없었다.

물론 늦게 귀환하게 되는 사람들의 얼굴에는 불안감이 가득 피어올랐다.

하지만 급박한 상황에서 나는 못한다, 내가 먼저 가겠다고 말하는 사람은 없었다.

만약 그런 짓을 했다가는 영원히 배척받는 인간이 될 수밖에 없음을 모두가 알았다.

태극 길드 마스터는 귀환을 시작하기 전에 사람들의 위치를 적절하게 조절했다.

물론 그러는 동안에도 몬스터들의 공격은 거세지고 있었고, 때로 부상자가 생기기도 했다.

"허어, 이런. 자넨 그냥 귀환해! 부상 치료를 해서 다시 싸우기엔 시간이 촉박해!"

그런 중에 열일곱 최후의 천공기사에 포함되었던 한 사람이 부상자가 되어 뒤로 빠지는 사태가 벌어지기도 했다.

세현이 그 사람의 자리로 끼어들었다.

"자네!"

"하하. 마지막인데 할 수 있는 일을 해야죠"

세현은 그렇게 말하고 검과 방패를 들고 몬스터들을 막아섰다.

스화화확 스홧 스화홧!

그리고 언덕의 정상 중앙에서부터 귀환의 빛이 나타나기 시작했다.

쿠콰콰콰콰콰! 쿠콰콰콰!

그리고 멀리서 로드 몬스터로 보이는 몬스터가 모습을 드러냈다.

천공기사들이 귀환을 시작한 것을 알고 그것을 막기 위해서 나타난 것이다.

"이미 늦었다. 새꺄!"

하지만 로드 몬스터는 너무 멀리 있었고, 천공기사들의 귀환은 빠르게 진행이 되고 있었다.

"야, 빨리와! 마지막이야!"

그리고 결국 세현까지 열일곱이 등을 붙이고 남는 상황이 되었다.

'시작해!'

세현이 '팥쥐'에게 강력한 의지를 전달했다.

[음! 대단히 대단히 대단한 거야! 음음! 음!]

차르라라라라라랑!

"어엇? 마법진이?"

순간 세현과 함께하는 사람들을 빙 둘러가며 마법진들이 나타났다.

숫자는 도합 이십여 개에 이르렀다.

"마법 공격이 시작되면 곧바로 귀환하세요. 자, 갑니다!"

세현의 말과 함께 원을 그린 마법진에서 폭발하듯 불덩이들이 사방으로 쏟아져 나갔다.

쿠와앙!! 쿠와앙! 쿠와앙! 콰과광! 콰과광!

쿠콰콰콰콰콰콰! 쿠콰콰락!

언덕 아래까지 달려온 로드 몬스터가 분노의 포효를 질렀다.

그리고 언덕 정상에서 일제히 귀환의 빛이 다시 솟아났다.

Chapter 8

콩쥐, 대박을 치다.

태극 길드의 마스터를 시작으로 천공기사들이 하나하나 모습을 감추기 시작했다.

천공기를 이용해서 현실로 귀환을 한 것이다.

그 빛이 연속으로 번쩍거렸다.

[음음! 위험! 피해!]

그때, '팥쥐'의 경고성이 세현의 뇌리를 두드렸다.

세현이 급히 시선을 돌렸을 때, 로드 몬스터의 입에서 일직선으로 쏘아진 광선이 세현에게 곧바로 날아드는 것이 보였다.

"이런 미친!"

세현은 급하게 방패를 끌어 올렸다.

그리고 방어구 전체에 연동된 보호막 기능을 발동시켰다.

장인 마을의 여러 장인들이 모여서 만들어낸 회심의 작품이었다.

세현의 몸을 감싸는 보호막이 생성된 것과 동시에 세현 옆에 있던 천공기사 한 명이 몸을 날려 로드 몬스터의 광선을 막아섰다.

"뭡니까? 지그……!"

콰과광!

"크악!"

"이런 아, 안 돼!!"

세현이 고함을 지르는 순간 세현의 천공기 주얼이 발동하며 세현을 현실로 옮겼다.

원래는 현실의 주변 상황을 살피고 귀환을 해야 하지만, 이번은 급한 상황이라 그런 옵션을 배제한 상태로 발동을 했었다.

그래서 세현은 자신을 대신해서 쓰러진 태극 길드의 천공기사를 돌볼 틈도 없이 현실로 귀환하고 말았다.

"안 돼에에에!!"

세현의 고함소리가 수많은 천공기사들 사이에 울려 퍼졌다.

먼저 귀환해 있던 천공기사들의 시선이 세현에게로 모였다.

하지만 세현은 그런 것에 신경을 쓸 수가 없었다.

세현은 바닥에 무릎을 꿇고 엎드려 꼼짝도 하지 않았다.

차마 고개를 들 수가 없었다.

자신을 대신해서 누군가가 죽었다는 사실을 믿기 어려웠다.

"야, 부상자다! 여기!"

"서둘러!"

"어떻게 된 거야. 이런 부상자는 먼저 귀환을 시켰어야 하는 거 아냐?"

"설마 부상 때문에 천공기 주얼 발동이 늦어서 그런 건가?"

그때, 세현 주변으로 천공기사들이 모여들면서 야단법석을 떨었다.

"이봐! 정신 차려! 이게 어떻게 된 거야?"

태극 길드의 마스터가 놀란 목소리로 고함을 질렀다.

세현은 뭔가 이상하다는 것을 느끼고 고개를 들어 옆을 쳐다봤다.

"어? 어떻게?"

그런데 그곳에 세현을 대신에서 로드의 광선을 맞았던 궁수 천공기사가 피를 흘리며 누워 있었다.

"아, 앙켑스!"

세현이 급히 궁수 천공기사의 몸에 앙켑스를 시전했다.

순간 궁수 천공기사의 숨이 조금 안정되기 시작했다.

"후우, 그것도 사기적인 스킬이군. 아무튼 고맙네. 덕분에 죽진 않겠어. 하하."

태극 길드 마스터가 세현의 어깨를 두드렸다.

"아닙니다. 저를 대신해서 로드 몬스터의 공격을 막은 겁니다. 그런데 어떻게 된 겁니까? 공격을 받았으니 분명히 천공기 주얼이 작동하지 않았을 텐데요?"

"음? 그러고 보니 그렇군. 그런데 어떻게 함께 돌아온 거지?"

"그걸 저한테 물으면 어쩝니까? 저는 저분이 죽은 줄 알고 얼마나 놀랐는데요."

세현은 안도의 한숨을 내쉬었다.

자신 때문에 죽었다고 생각한 사람이, 부상을 입기는 했지만 저렇게 살아 숨 쉬고 있지 않은가.

"정말 모르나?"

"알면 제가 이러고 있겠습니까?"

세현도 이해가 되지 않은 상황인 것은 분명했다.

태극 길드 마스터도 세현이 거짓말을 하고 있는 것이 아니라는 것을 느꼈는지 부하인 궁수 천공기사가 실려 나가는 것을 쳐다보며 고개를 저었다.

"어쨌거나 큰 희생 없이 어느 정도는 목적을 달성했으니 일단 휴식을 취하지. 그리고 다시 진입을 해야지."

"한동안 치고 빠지기를 계속 하시겠다는 말이군요?"

세현이 태극 길드 마스터의 의중을 읽고 말했다.

"그래야지. 이번처럼 몬스터가 몰리는 경우엔 곧바로 귀환을 하는 것으로 하고, 사냥은 계속해야지. 그렇게 에테르 수치를 낮추면 이쪽 현실로 넘어오는 몬스터들의 수도 줄어들게 될 테고, 결국 몬스터 영역을 정리할 수 있겠지."

"이면공간은 물론이고 현실에서도 몬스터 구제에 신경을 써야 한다는 말이군요."

"그야 이를 말인가. 자자, 이야기는 나중에 다시 하고, 일단 가서 쉬게."

"알겠습니다. 그리고 그분, 어디에 계신지 좀 알려주십시오. 저를 대신해서 목숨을 건 분인데 인사는 해야 하지 않겠습니까?"

"음, 알겠네."

"고맙습니다. 그럼."

세현은 태극 길드 마스터에게 인사를 하고는 곧바로 레이드 팀을 위해 준비된 숙소로 향했다.

*   *   *

"어떻게 된 건지 알아?"

세현이 '팥쥐'를 보며 물었다.

'팥쥐'는 햄스터 모습으로 실체화를 한 상태로 세현 앞의 탁자 위에 서 있었다.

[음음.]

"안다는 거야 모른다는 거야?"

[음. 잘한 거야.]

"그래. 알아. 잘했지. 덕분에 한 사람이 살았으니까. 그래서 어떻게 한 거야?"

[음. 세현은 내가 옮겨. 콩쥐, 나 따라서 곁에 있던 사람 옮겼어. 음음! 혼냈어. 콩쥐. 안 시킨 거 했다고!! 음.]

"그러니까 콩쥐가 그 태극 길드의 천공기사를 이동시켰다는 거네? 그럼 그때, 그 천공기사의 천공기 주얼을 사용한 거야?"

[음. 아니야. 못 썼어. 중간에 끊겼어. 공격 받아서.]

"아, 그렇지. 로드 몬스터 녀석의 공격을 받았으니까 활성화되던 천공기 주얼이 중간에서 멈추고 그 사이에 소비된 에테르는 그냥 날아갔겠지. 그런데 어떻게?"

[음. 못된. 콩쥐가 했어. 세현, 천공기 주얼, 그 힘 나눠 썼어.]

"콩쥐가 내 천공기 주얼의 힘을 빌려서 그 태극 길드 천공기사까지 함께 이동을 시켰다고?"

[음음. 세현, 천공기 주얼, 확인.]

세현은 '끝쥐'의 말에 천공기 주얼을 확인했다.

빨간색부터 파란색까지 다섯 개의 천공기 주얼 중에서 충전이 되어 있는 것은 빨간색밖에 없었다.

"뭐야? 이거 어떻게 된 거야?"

[음. 콩쥐.]

세현은 '끝쥐'의 짧은 대답으로도 충분했다.

파란색 등급의 이면공간에서 현실로 태극 길드의 천공기사를 데리고 나오기 위해서 남은 천공기 주얼의 에테르를 모두 끌어 쓴 것이다.

[……]

그때, 슬그머니 콩쥐의 의지가 전해졌다.

뭔가 무척 불안해하는 의지, 그리고 또 한편으로는 뭔가 해냈다는 성취감이 느껴지는 의지였다.

[음음! 혼나! 너! 콩쥐!!]

하지만 곧바로 '팥쥐'의 응징이 날아들면서 콩쥐의 기척이 쥐 죽은 듯이 사라진다.

'콩쥐가 쥐 죽은 듯이? 하하하.'

세현은 어설픈 말장난을 한 번 해보더니 만족스러운 미소를 지었다.

앞으로 콩쥐의 능력을 이용할 무수히 많은 방법들이 세현의 머리를 스치고 지나가고 있었다.

"많이 혼내진 말고, 앞으로는 내 허락 없이는 그런 짓 하지 말라고 해. 이번엔 결과가 좋게 나오긴 했지만 그렇다고 허락 없이 멋대로 움직인 것은 칭찬할 일이 아니지."

[음음. 혼내야 해. 콩쥐는 구박받아야 해. 그렇게 되어 있어! 음음!!]

'팥쥐'가 짧은 팔을 맹렬하게 내저으며 열의를 다졌다.

세현은 어쩐지 콩쥐가 조금 불쌍해졌다.

*　　　　*　　　　*

"고맙습니다."

"별말씀을. 저는 제가 해야 할 일을 했을 뿐입니다. 그런데 제게 또다시 일을 할 수 있는 기회가 생겼으니 그것만으로 충분합니다."

여전히 태극 가면을 쓰고 있는 궁수 천공기사의 목소리를 밝았다.

"어쨌건 저를 위해… 고맙고 감사하게 생각합니다."

"뭐, 제가 하지 않았어도 괜찮았을 거란 생각이 들기도 합니다. 몸을 날리면서 보니 몸을 감싸는 보호막이 생기더군요. 하하하. 그때, 내가 뻘 짓을 한 것이 아닌가 하는 후회도 약간 했었습니다."

세현이 마지막에 만들었던 보호막을 봤던 모양인지 말을 하는 천공기사의 목소리에 멋쩍은 기색이 역력했다.

"아닙니다. 그 보호막이 로드 몬스터의 공격을 완전히 방어하지 못했으면 저에게도 충격이 있었을 테고, 그럼 귀환이 취소되었을 겁니다."

"하하하. 그럼 된 거죠. 결과가 이렇게 좋게 나오지 않았습니까. 참, 그런데 혹시……."

침대에 상체를 기대고 있던 천공기사가 슬쩍 상체를 앞으로 하며 말끝을 흐렸다.

"말씀하십시오."

"제가 지구로 돌아오게 된 거, 그거 세현 씨의 능력 아니었습니까?"

"네? 어째서 그런 생각을 하셨습니까?"

세현은 속으로 뜨끔한 것을 느끼며 되물었다.

"그때, 제대로 기억은 안 나지만 저를 감싼 귀환의 빛이 세현 씨의 왼쪽 팔목에서 시작했던 것 같거든요."

"아하하. 그, 그래요?"

세현은 어색한 웃음을 흘렸다.

"......"

"......"

둘 사이에 묘한 침묵이 흘렀다.

"감추고 싶으시다면 그렇게 하겠습니다."

잠시 후 태극 가면의 천공기사가 세현을 보며 말했다.

"그게 그다지 효과가 없을 것 같군요. 이곳이 태극 길드에서 운영하는 병실이잖습니까. 이런 곳에는 대부분 감시 장치들이 있게 마련이지요?"

세현이 태극 가면을 보며 물었다.

"그건 저도 잘 모르겠습니다만, 설마 세현 씨를 감시하기야 했겠습니까?"

하지만 그렇게 말하는 태극 가면의 목소리에도 확신은 없었다.

"저도 그때는 무슨 일이 일어났는지 몰랐습니다. 나중에서야 원인을 알게 되었지요. 제가 가지고 있는 특별한 아이템이 그런 일을 가능하게 해줬더군요."

"1회성이란 말씀입니까?"

"그렇다고 해도 안 믿을 테죠? 1회성은 아닙니다. 그리고 저이외에 다른 여러 사람을 이동시킬 수는 없습니다. 단 한 명만 가능하죠."

"그렇군요."

"물론 그에 해당하는 리스크도 상당합니다. 원한다고 언제나 가능한 것은 아니지요."

"그야 그럴 거라고 생각합니다만, 그런 이야기를 이렇게 해주셔도 되는 겁니까?"

"숨길 수 없는 상황인데 오해를 남길 필요는 없지요. 여기 감청을 하는지 아닌지 몰라도 나중에 위에 보고할 때, 제가 한 이야기를 보고해도 됩니다. 뭐 죄를 지은 것도 아니고."

세현은 그렇게 말하며 별로 신경 쓰지 않는다는 태평스런 표정을 지었다.

"그렇다면 다행입니다. 그런데 그 능력이라면 일반인도 이면 공간으로 데리고 갈 수 있는 겁니까?"

태극 가면은 이와 이렇게 된 것, 좀 더 자세한 정보를 얻겠다는 듯이 질문을 던졌다.

"물론 가능할 겁니다. 하지만 최소 헌터는 되어야 이면공간에서 안전을 보장할 수 있지 않겠습니까? 그래서 차후에 미래 길드에서는 이면공간으로 이주할 헌터들을 모집할 생각입니다."

"으음. 이면공간으로의 이주라. 별로 메리트가 없을 것 같습니다만."

"지금은 그렇지요. 하지만 지구에 몬스터들이 더 극성을 부리고 결국 지금 상황을 막지 못한다고 하면, 안전한 이면공간을 선호할 사람들도 있겠지요. 뭐 일단은 그보다는 헌터들을 뽑아서 미래 필드의 경호 요원으로 쓸 생각입니다만."

"한 번 들어가면 다시 나오기가 어렵겠군요?"

"장기 출장이라고 생각해야지요. 그래도 헌터들 중에서는 이면공간으로 들어가고 싶은 이들이 제법 있을 겁니다."

"그렇군요. 그 말은 부정할 수가 없겠군요. 헌터 중에는 실력이 뛰어남에도 불구하고 천공기가 없어서 이면공간에 들지 못하는 이들이 있으니까요."

"네, 그런 분들이 우선 영입 대상이지요. 하하."

세현은 그렇게 말하곤 활짝 웃었다.

미래 필드로 들어간 헌터들이 꼭 미래 필드에만 있을 거라고 누가 단언한단 말인가.

세현은 헌터들로 이면공간 개척단을 만들 수도 있다고 생각하고 있었다.

통행증만 있다면 천공기가 없는 헌터들도 이면공간을 이동할 수 있으니까.

"재미있는 일을 꾸미시는 모양입니다. 참, 그러고 보니 세현 씨에겐 이면공간 통행증이 제법 있었지요?"

태극 천공기사가 그런 세현의 속내를 짐작했다는 듯이 눈빛을 빛내며 물었다.

"하하. 뭐 그렇지요. 실력 있는 헌터들이라면 충분히 필드를 정리할 수 있지 않을까 싶습니다만."

"그래도 초록색 등급 이상이면 어렵지 않습니까? 사실 전에 들어갔던 그 초록색 등급의 필드도 명확한 목적지가 있어서 그나마 일이 쉬웠던 거지 아니었으면 그 넓은 필드를 조사하는 데에만 엄청난 시간과 인력이 필요할 겁니다."

"그렇죠, 하나하나씩 해나가는 거지요. 한꺼번에 모든 것을 이룰 수는 없지 않겠습니까. 하하. 나중에 태극에서 은퇴하시면 저희 미래 길드로 오십시오. 하하하."

세현은 제법 회복이 된 모습에 마음이 놓여서 그렇게 진담 반 농담 반의 제안을 던졌다.

그리고 후일을 기약하고 헤어졌다.

미래 필드의 도약

"그래서 뭘 하고 싶은 건데?"

재한이 세현을 보며 물었다.

세현은 재한을 만난 자리에서 헌터들을 고용해서 미래 필드의 경호를 맡기는 한편, 향후 미래 길드의 길드원으로 영입하는 방안을 이야기했다.

그에 대해서 재한이 세현에게 물은 말이 '무얼 하고 싶은 거냐?'였다.

"내 목적이야 뚜렷하지. 형을 찾는 것. 그리고 형과 관련된 진실을 밝히고, 죄를 지은 이들이 있다면 그 죗값을 치르게 하는 것."

"그래서 지금 헌터들을 모아서 뭘 하려고?"

"헌터나 천공기사나 굳이 따질 필요는 없는데, 궁극적으로는 이면공간 탐험 파티를 만드는 것이 목적이지."

"이면공간 탐험?"

"아무래도 형을 찾으려면 그래야 할 것 같아서."

"무슨 소린데?"

재한이 세현의 생각을 물었다.

"전에도 생각했던 거지만 형이 지구의 현 상황을 알게 되었고, 또 지구에 돌아올 수 있는 상황이라면 형은 벌써 나를 찾아왔을 거야."

"그런데 그렇게 하지 않았으니까……."

"형이 지구 소식을 듣기 어려운 곳에 있거나 혹은 뭔가에 구속된 상태거나 그런 거겠지."

"그래서 형을 찾기 위해서 이면공간을 헤집고 다닐 팀을 구성하겠다고?"

"맞아."

세현은 재한의 말에 맞장구를 쳤다.

"좋아, 도와주지. 미래 길드 마스터께서 하시겠다는 일인데 고문인 내가 나서야지."

재한이 세현의 대답에 아주 흔쾌한 목소리로 말했다.

재한과 나비, 종국은 세현과 함께하면서 현실에서 꽤나 부를 축적했다.

사냥을 통해서 몬스터 부산물을 챙긴 것도 도움이 되었고, 특이 몬스터를 사냥해서 얻었던 갑옷을 분석해서 얻었던 마법진을 이용한 방어구가 대박을 쳤다.

거기다가 지금은 끝이 났지만 한동안 장인 마을의 대리인 노릇을 하면서 챙긴 이익도 어마어마했다.

그 모든 것이 세현과 함께 파티를 하면서 이루어진 결과였다.

물론 재한이 예전 천공 길드의 고씨 가문 소속으로 가지고 있었던 작은 인맥들이나 나비와 한종국의 도움도 있었지만 가장 큰 역할은 역시 세현이었다.

지금도 세 사람은 세현과 가까운 친인으로 미래 길드의 고문 자격을 지니고 있었다.

이런 상황에서 세현이 뭔가 하겠다는데 도움을 주는 것이야 당연한 일일 것이다.

"헌터들 중에서 일단 돈이 급한 사람을 찾아보지. 세상에는 알게 모르게 그런 사람들이 흔해. 몇 푼 돈 때문에 인생을 저당잡혀 사는 사람들. 그들을 수렁에게 건져 줄 수 있는 것은 사실 우리에겐 얼마 되지 않는 돈이지."

"실력이 좋아야겠지만 인성에 문제가 있어선 안 되는 거 알지?"

"걱정하지 마. 가족을 위해서 스스로를 희생하겠다는 이들은 많아. 미래 길드는 그 가족을 돌보고, 그는 우리 미래 길드에 헌신하는 것은 서로가 윈윈이지."

"그런 사람, 그중에서도 헌터들이 얼마나 많을지 모르겠지만 일단 맡긴다."

세현은 그렇게 미래 길드의 예비 길드원들을 재한에게 부탁했다.

그리고 재한은 풍부한 재정을 바탕으로 정보를 끌어 모으고 회유 가능한 헌터를 끌어 모으기 시작했다.

대부분 경제적 어려움이 있는 헌터가 대상이었다.

"비밀 서약을 하고, 계약까지 했으니 여러분은 앞으로 계약 기간 동안 우리 미래 길드 소속입니다. 그리고 이후 여러분과 우리 미래 길드의 계약이 끝난다고 해도, 계약 기간 안에 있었던 일들에 대해선 비밀을 지키시리라 믿습니다. 계약을 잊지 마시길 거듭 당부합니다."

"네, 알겠습니다."

"네!"

"걱정하지 마십시오."

세현의 말에 횡으로 늘어선 헌터들이 제각각 대답을 했다.

재한은 1차로 열 명의 헌터들을 뽑아서 세현에게 보냈다.

"지금부터 여러분은 차례로 이면공간으로 들어가게 됩니다. 등급은 노란색입니다. 그리고 일단 그곳은 몬스터의 등장은 그리 많지 않은 곳이니 크게 위험할 일은 없습니다."

세현이 헌터들을 미래 필드로 데리고 가기 전에 먼저 목적지를 밝혔다.

"지금 이면공간이라고 하셨습니까? 그것도 노란색 등급의 이면공간이요?"

"무슨 문제 있습니까? 재일 씨."

세현이 20대 초반의 헌터에게 물었다.

"천공기가 없는데 어떻게 이면공간에 갈 수 있는 겁니까? 그게 가능하다는 소리는 들은 적이 없습니다."

"계약에 장기 출장으로 일정 기간 동안 귀가가 불가능하다는 것을 명시했고, 주된 임무가 몬스터로부터 미래 길드의 시설물을 보호하는 것임도 알고 있었을 텐데요? 장소가 문제가 됩니까?"

"아닙니다. 그게 아니라 이면공간으로 들어간다는 것이 신기하고 흥분되어서 하는 말입니다."

재일이라 불린 헌터는 얼굴이 약간 상기되어 있었다.

"의심하지 마십시오. 여러분들은 앞으로 이면공간에서 근무를 하게 될 겁니다. 다만 한 번에 여러분 모두를 이동시키는 것은 불가능해서 하루 두 명씩 미래 필드라고 부르는 이면공간으로 이동하게 될 것입니다."

"어차피 초록색 등급까지는 각오하란 소리를 들었으니 그 정도는 문제가 아닙니다만, 이면공간이라니 당혹스럽긴 합니다."

30대 중반으로 보이는 헌터가 묵직한 음성으로 세현에게 말했다.

"현필 씨군요. 제일 연장자로 여러분들의 선임 직위를 가지게 될 분입니다."

세현이 그 사내를 다른 헌터들에게 소개했다.

"네? 선임이요?"

"열 명을 하나의 팀으로 묶으면 그중에서 현필 씨가 선임이란 소리입니다. 제가 없는 경우 지휘권을 가지게 됩니다."

"으음. 그런 소리는 듣지 못했습니다만."

"이후, 상황에 따라서 직책은 조절될 수 있습니다만 일단 제일 연장자인 현필 씨에게 선임 자리를 주기로 했습니다. 더구나 현필 씨의 실력도 여러분 중에서 상위권에 속하니 결격 사유는 없다고 봅니다."

세현은 그렇게 제1팀의 선임까지 지정을 하고는 이후로 미래 필드에서 헌터들이 해야 할 일들에 대해서 자세한 설명을 했다.

대부분 미래 길드의 건물에 대한 경계와 필드 내의 몬스터 소탕이 주된 임무였다.

거기에 조금 더 많은 수당을 원한다면 이면공간 통로를 이용해서 다른 이면공간으로 탐험을 나가는 쪽으로 지원을 하면 된다는 밑밥도 뿌렸다.

미래 필드에서 근무하는 것만으로도 적잖은 보수를 받지만 다른 이면공간으로 탐험을 나가는 것은 몇 배의 수당이 있었다.

거기다가 노란색 등급의 미래 필드에서 사냥을 하는 것과 그보다 상위 등급의 필드에서 사냥을 하는 것은 그 보상이 다를 수밖에 없었다.

세현의 자세한 설명을 듣는 헌터들의 눈빛이 반짝거렸다.

이미 현실에서 노란색 등급 몬스터 정도는 충분히 상대할 수 있다는 평가를 받은 헌터들이었다.

그런 그들에게 이면공간이란 도전 과제는 의욕을 불러일으키기에 충분했다.

더구나 미래 길드에서 그들의 아픈 부분을 모두 책임지고 관리를 해주기로 했으니 걱정도 없었다.

의외로 계약에 따르면 근무 중에 재해를 당하게 되면 그 보상이 아주 컸다.

한마디로 재수 없이 죽어도 남은 가족들이 생계를 꾸리는데 문제없는 직장이라는 뜻이다.

그래서 열 명의 헌터는 죽음까지도 감수하겠다는 마음가짐을 가지고 있었다.

*   *   *

하루에 두 명씩, 닷새에 걸쳐서 미래 필드의 주민 열 명이 늘었다.

그들은 미래 필드에서 호올을 만나고 많이 놀랐지만 얼마 지나지 않아서 호올과도 스스럼없는 가까운 사이가 되었다.

그리고 그들 열 명이 미래 필드에 적응을 하고 있을 때, 재한은 2차 길드원 모집을 하는 중이었고, 세현은 카피로 종족의 도움을 받아서 마법진을 만들고 있었다.

"그러니까 이런 식으로 만들어서 여기에 에테르 주얼을 동력원으로 넣으면?"

"그게 이론상 가능하긴 하겠지만 사람 하나 옮기는데 필요한 에테르 주얼의 양이 너무 많습니다. 효율이 너무 나쁘지요."

"그렇습니까?"

"거기다가 이건 에테르가 그대로 다시 환원되는 문제도 있습니다. 에테르 주얼 안에 봉인되었던 에테르가 그대로 풀려 나오는 거지요. 많이 쓰면 쓸수록 양쪽 모두 에테르 수치가 조금씩 높아지는 결과가 나오게 됩니다."

"그건 좀 문제가 있겠지만 사실상 그렇게 이동한 헌터들이 제몫만 해준다면 그 정도의 에테르 주얼을 다시 확보하는 것은 문제가 아니지요."

"하지만 지구는요? 그쪽은 에테르가 그대로 증가할 텐데요?"

"거기도 제가 가끔씩 레이드에 참가해서 도움을 주고 있으니 문제될 것은 없습니다."

세현은 에테르 주얼을 사용함으로서 에테르가 증가하는 것 정도는 문제가 아니라고 생각했다.

자신이 지구 현실이나 화개장터 필드에서 몬스터를 잡아서 에테르 주얼을 확보하는 양이 얼마나 많은데, 그 정도를 문제 삼을 수는 없다고 여겼다.

그도 그럴 것이 요즈음도 세현은 바쁜 와중에도 태극 길드 마스터의 요청에 따라서 몬스터 사냥에 나가고 있었다.

'좀 더 정확한 마법진을 그릴 수는 없는 거야?'

세현이 '팥쥐'에게 물었다.

[음! 콩쥐, 머리 나빠. 제대로 못해! 혼나야 해!]

'팥쥐'가 또다시 콩쥐를 구박한다.

세현이 콩쥐의 도움을 받아서 헌터 열 명을 미래 필드로 이 동시킨 후, '팥쥐'가 콩쥐의 능력이 마법진에서 나온다고 했다.

그래서 그 후로 세현은 콩쥐가 사람들을 이면공간으로 옮기 는데 쓰는 마법진을 따로 구축하고자 했다.

그런 중에 세현이 도움을 얻을 수 있는 이들이 바로 카피로 종족이었다.

오랜 세월 몬스터들에게 쫓기며 거의 멸족에 이를 정도로 몰 락한 종족이지만 세현보다는 에테르 마법진에 대한 지식이 깊 었다.

그래서 카피로 종족의 성인들 모두가 모여서 세현이 만들고

자 하는 이동 마법진 구축에 열과 성을 다하고 있었다.

사실 카피로 종족은 그런 과정에서 어쩌면 그들 종족이 지금의 필드를 벗어나서 다른 곳으로 갈 수 있지 않을까 하는 기대를 품고 있기도 했다.

이면공간 관리자에 의해서 이면공간 통로의 사용이 불가능하게 된 그들이지만 어쩌면 세현의 연구 성과에 따라서 어떻게든 지금의 필드를 벗어날 가능성이 있는 것이다.

물론 지금의 필드에서 안전하게 사는 것이면 충분하다 여기지만 스스로 정착해서 사는 것과 이동의 자유가 없는 상태로 고립되어 사는 것은 전혀 달랐다.

한 평의 방에 살아도 스스로 선택한 것과 갇힌 것의 차이가 극명한 것과 같은 이치였다.

"사실 마법진을 만드는 것은 그리 어려운 일이 아닙니다. 지금 당장은 효율이 많이 떨어지기는 하지만 계속 수정을 하다 보면 조금씩 나아지겠지요."

"맞습니다. 이런 마법진이 중요한 것이 아니라, 이 부분에 들어가는 좌표 설정, 이것이 핵심입니다."

"솔직히 저희는 세현 님께서 어떻게 여기에 좌표를 설정해서 넣을 수 있는지 모르겠습니다. 마법진을 제대로 모르시는 분이……."

세현은 카피로 종족들의 말에 슬쩍 시선을 돌렸다.

그들이 말하는 그 능력은 오로지 '팥쥐'의 능력이었다.

이전에도 '팥쥐'는 세현의 천공기 주얼에 예전 아파트로 이동할 수 있는 좌표를 설정해 둔 적이 있었다.

그때는 그것이 대단치 않다고 여겼었다.

천공기 주얼은 언제나 이면공간으로 들어갈 때마다 현실의 위치를 주얼에 기록해 두기 때문에 당연한 것으로 여긴 것이다.

그렇기 때문에 그것이 그 어떤 천공기사라 하더라도 천공기의 주얼에 좌표를 멋대로 설정해 넣거나 혹은 바꿀 수 없다는 사실은 생각지 못했다.

이번에도 콩쥐가 사용한 마법진을 어느 정도 모방해낸 후, 카피로 종족에게 보여줬지만 카피로 종족은 그 좌표 설정이란 것에서 벽에 부딪혔었다.

그리고 그 문제를 해결해 준 것이 다름 아닌 '팥쥐'였다.

"그건 개인적인 비밀이라 밝히기가 어렵습니다. 사실 좌표를 설정하는 방법을 여러분께 가르쳐 드리고 싶어도 그럴 수가 없습니다. 제 말이 거짓말이 아니란 것을 믿어주셨으면 합니다."

세현은 카피로 종족이 자신을 돕는다 하더라도 '팥쥐'에 대해서 알려줄 수는 없었다.

언제부턴가 세현의 가장 큰 비밀은 천공기와 천공기에 깃들어 있는 '팥쥐'가 되어 있었다.

[……]

물론 '팥쥐'와 함께 콩쥐도 세현의 비밀이다.

[……]

얼마간 의사 표현을 하던 콩쥐는 '팥쥐'의 구박에 요즘은 의기소침의 끝을 보여주는 중이었다.

세현도 '콩쥐는 팥쥐에게 구박받는 거야.'라는 '팥쥐'를 말리지 못하고 콩쥐를 조금 안쓰럽게 여기고 있는 중이었다.

Chapter 9

잠깐! 멈춰, 사냥 중지! 야! 하지 마!

콰르릉! 콰광!

"그쪽 조심해!"

"방어! 방어!"

"뭐해? 공격! 밀어내면 공격을 해야지!"

"야, 그건 아직 아니야! 마스터가 불 점을 찍은 건 옆에 있는 놈이라고!"

"죽여!"

키르르르륵. 키리릭!

카드득 콰광! 카드득! 콰득!

슈슈슈슉 슈슉슛!

필드에서 전투가 한창이었다.

세현과 호올이 이전부터 사냥에 열중하던 남쪽 이동 통로와 연결된 바로 그곳, 곤충과 갑각류 몬스터가 등장하는 노란색 등급의 필드였다.

그곳에서 세현과 호올, 거기에 헌터들 여섯이 팀을 이뤄서 사냥을 하는 중이었다.

사냥 방법은 세현이 파란색 등급의 화개장터 필드에서 사냥할 때와 같은 형태였다.

세현의 앙켑스가 펼쳐지고 에테르 스킨이 약해진 놈을 불덩어리 공격으로 찍어주면 일제히 공격해서 쓰러뜨린다.

그전에는 계속해서 방어를 하며 시간을 끄는 것이다.

노란색 등급의 몬스터들, 그 수가 굉장히 많은 상황이지만 헌터들에 비해서 등급이 월등하게 높은 것은 아니어서 방어만 하자면 크게 힘들지는 않은 상태였다.

그러니 방어를 하다가 에테르 스킨이 벗겨진 놈을 처리하는 방법으로 사냥을 하면 한 번에 수십 마리의 몬스터가 몰려도 해결이 가능했다.

"그래도 여기에 로드 몬스터나 코어 몬스터가 나타나지 않는 것이 다행이지."

"그러게, 그 화개장터 쪽에서는 여전히 로드 몬스터랑 술래잡기하고 있다면서?"

"그게 나타나면 모두 일제 귀환을 해서 다른 지역에서 입장하고 사냥을 하는 식이라고 하더군."

"그래도 그 덕분에 우리나라에 등장하는 몬스터들의 총 에테르 수치가 무척 낮아졌잖아."

"그렇긴 하지. 이면공간을 공략해서 현실에 등장하는 몬스터의 수를 줄이겠다는 계획을 가장 성공적으로 실행하고 있는 나라가 우리나라라고 뉴스에서도 다루고 그런다면서?"

"그건 또 어디서 들었어?"

"이번에 3차로 들어온 신입들. 아주 따끈따끈한 지구 소식을 가지고 있잖아. 어제 길드 하우스 소개하면서 정보 교환을 좀 했지."

"그래? 난 우리 가족들이 소포를 보내서 그거 확인하느라 신입들에겐 신경도 못 썼는데?"

"그래. 잘났다. 그나저나 내 여편네는 왜 소식을 안 보내? 벌써 열흘은 지난 것 같은데."

"하하하. 겨우 열흘 가지고 무슨. 예전에 그 무슨 해외 근로자로 나가고 그러면 몇 달에 한 번씩 연락 되고 그랬다더라. 그러다가 귀국해서 보면 딴 놈이랑 살림 차린 경우도 있고. 크크."

"죽어 볼 테냐? 지금 그걸 말이라고?"

"야, 농담이야, 농담. 어, 저기 마스터가 불 점 찍으셨다. 잡아!"

"너, 좀 있다 보자. 으라차찻!"

아웅다웅하던 헌터 둘이 다시 싸움에 집중하기 시작했다.

"여유가 있군."

세현이 그 모습을 보며 시야를 넓혀서 전장을 살폈다.

이제 거의 모든 몬스터가 정리가 되고 있었다.

이번에도 세현과 호올을 포함해서 여덟 명의 인원으로 서른 마리에 가까운 몬스터를 처리하고 있었고, 희생은 없었다.

"이젠 여기도 쉬워. 인원이 많으니까 세현, 네가 나서지 않아도 별로 어렵지 않게 한 무리의 몬스터를 정리할 수 있게 된 것 같다."

"내가 나서지 않아도? 그건 섭섭한데?"

"응? 아니지. 네가 칼과 방패 들고 나서지 않는다는 소리지. 네가 앙켑스를 써주지 않으면 사냥은 어려워. 그건 당연하잖아."

호올이 세현의 말에 재빨리 말을 바꾸었다.

사실상 전투에서 세현이 빠지면 엄청난 차이가 생겼다.

앙켑스란 사기적인 스킬은 물론이고 때때로 화려하게 쏟아지는 마법 공격들도 사냥 속도를 높이고, 일행들의 안전을 지키는 데 큰 도움이 되고 있었다.

이제는 콩쥐가 전담하고 있는 에테르 마법진은 몬스터 서너 마리는 앙켑스의 도움 없이도 해결할 수 있을 정도로 강력했다.

물론 콩쥐가 그렇게 상대할 수 있는 몬스터는 노란색 등급까

지었다.

초록색 등급이라면 콩쥐가 에테르 마법진을 아무리 잘 활용한다고 해도 앙쳅스의 도움이 없다면 한 마리를 상대하는 것이 고작일 것이다.

그 이상이 되면 세현에게 접근하는 것을 막기 어렵고 또 쓰러뜨리는 것도 시간이 오래 걸릴 터였다.

"분명히 이쯤에 코어 몬스터가 있을 것 같은데, 이상하게 보이질 않는단 말이지. 노란색 등급밖에 안 되는 필드에서 아직 발견을 못하다니……."

세현은 이해가 되지 않아서 고개를 갸웃거리고 있었다.

이곳 필드에서 세현은 아직까지 코어 룸도 찾지 못했고, 코어 몬스터도 찾지 못했다.

분명히 어딘가 있어야 할 코어를 찾지 못하고 있는 것이다.

그래도 그동안 사냥을 하면서 에테르 주얼을 엄청나게 만들어냈기 때문에 필드 전체의 에테르 수치는 많이 낮아진 상황이었다.

"내가 잘못 생각했을지도 몰라. 코어 몬스터가 아니라 코어 룸이 있을 수도 있어."

호올이 세현에게 말했다.

예전 호올은 이곳에 처음 왔을 때 에테르 수치가 높고 몬스터가 많으니 분명 코어 몬스터가 있을 거라고 했었다.

하지만 아무리 사냥을 하며 필드를 뒤져도 코어 몬스터가 발견되지 않자, 코어 룸이 있을 가능성을 이야기했다.

"거의 모두 뒤졌는데도 코어 몬스터는커녕 코어 룸도 보이지 않는 것을 보면 어디 외곽 쪽에 숨겨져 있는 모양이지. 뭐, 이제부턴 코어 룸을 찾는다는 생각으로 필드를 뒤져야겠어."

세현도 같은 생각을 하고 있었기에 그렇게 호올의 의견에 동감을 표했다.

"그래도 다행이지 뭐."

"응? 다행이라니 그건 또 무슨 말이야?"

세현이 뜬금없이 다행이라고 하는 호올의 말에 의문을 표했다.

"생각을 해봐. 코어 몬스터가 나오면 어쩌겠어?"

"어쩌긴, 잡아야지."

"코어 몬스터를 잡으면 어쩌겠어?"

"어쩌긴, 잡으면 이면공간이 사라지는 거지."

"이면공간이 사라지면……."

"어쩌긴 현실로 복귀……."

세현은 호올의 말을 끊으며 대답을 하다가 그게 아니란 사실을 깨닫고 입을 다물었다.

"뭐야? 여기서 코어 몬스터를 잡으면 현실로 복귀를 할 수가 없잖아!"

세현이 새로운 사실을 깨닫고는 버럭 고함을 질렀다.

"무슨 일이야? 마스터께서 왜 저러서?"

"몰라, 여기 코어 몬스터를 잡으면 현실로 복귀가 안 된다고 하신 것 같은데?"

"어? 그리고 보니까 지구에서 이면공간으로 진입을 한 경우에는 거기 코어 몬스터를 잡으면 현실로 복귀를 하잖아. 천공기사들이니까."

"그렇지."

"하지만 우린 어떻게 되는 거야? 천공기도 없는데?"

"야, 천공기 없는 것이 문제가 아니라, 여기 이면공간이 지구 차원에 있는 곳이 아니면 어쩌냐? 이면공간 사라지면 엉뚱한 행성에 뚝 떨어질 수도 있는 거잖아."

"그, 그런가?"

여섯 명의 헌터들이 모두 세현에게 시선을 집중했다.

"음, 일단 미래 필드로 복귀합니다. 지금까지 코어 몬스터가 나타나지 않았는데 갑자기 그놈이 나타날 확률은 별로 없지만, 그래도 조심할 필요가 있겠습니다."

세현은 그런 헌터들에게 급히 복귀 명령을 내렸고, 일행들은 곧바로 미래 필드로 돌아왔다.

*　　　　*　　　　*

"이야기를 좀 해보자. 만약 우리가 그곳에서 코어 몬스터를 잡았다고 가정하면, 헌터들과 우리, 어떻게 되는 거냐?"

세현이 호올을 보며 물었다.

이면공간의 문제에 대해선 그나마 호올이 훨씬 많은 정보를 가지고 있었다.

"이면공간들은 여러 종류로 분류를 하는데 그중에서 기반 세계가 있는 이면공간과 그렇지 않은 이면공간으로 나누는 기준이 있어."

"그러니까 지구처럼 어떤 현실 세상을 바탕으로 하는 곳이 아닌 곳?"

"맞아."

"그럼 바탕이 없는 곳은 어떻게 된 건데?"

"이건 좀 어려운 건데, 그런 경우엔 기반 세상이 있는 곳과 달리 상급의 이면공간에 종속되어 유지되는 경우가 많아."

"상급 이면공간에 종속?"

세현은 이해가 되지 않아서 다시 되물었다.

"예를 들어서 너희 지구에 기반을 두고 있는 화개장터란 곳."

"거기가 왜?"

"만약에 거기에 묶여 있는 이면공간들이 있다고 생각을 해보자고. 그러니까 화개장터에 속해 있는 하위 이면공간들이 있는 거야."

"음. 그럴 수도 있는 거야?"

"그래. 그런 식으로 기반 세상이 없는 이면공간들이 만들어지기도 하지. 그리고 관리자에 대해서 알게 되었다고 했지? 그 관리자가 그 아래로 보라색 등급의 이면공간을 만들고, 거기에 속한 무수히 많은 이면공간을 만들 수도 있지."

"그 반대로 에테르 기반 생명체 쪽에서도 비슷한 경우가 있을 수가 있고? 역시 그렇게 생겨난 세상은 기반 세상이 없는 이면공간인 거고?"

"맞아. 그런 거야. 그런데 여기서 또 문제가 생기는 것이 이면공간 통로라는 것이 문제야. 일종의 끈처럼 다른 이면공간과 묶여서 상급의 이면공간이 사라져도 어떻게든 사라지지 않고 유지되는 하급 이면공간이 생기기도 하거든. 그래서 이면공간들이 끝도 없이 연결되면서 복잡해지고, 결국은 관리자도 완전히 통제하지 못하는 상태가 되곤 하지."

"그렇군. 그럼 결국 남쪽 필드에서 코어 몬스터를 잡게 될 경우, 거기가 기반 세상을 가진 필드라면 그 기반 세상으로 튕겨 나가게 될 거고, 그게 아니라면?"

"기반 세상이 없는 이면공간이 소멸할 때에는 다른 이면공간으로 흡수가 되니까, 미래 필드 혹은 통로가 연결된 다른 이면공간으로 옮겨질 가능성이 제일 크지."

"그건 그나마 조금 위로가 되는 말이네."

세현은 이면공간이 사라진다 하더라도 그곳에 있던 이들에게 직접적인 위험이 없다는 사실이 그나마 위로가 되었다.

이면공간이 사라져도 그 이면공간과 연결된 주변 이면공간으로 옮겨지게 된다는 말이 아닌가.

"그것도 소멸하는 이면공간에 속하지 않은 존재들만 그런 거고, 나머지는 에테르로 분해가 되어서 주변으로 흩어지는 거야."

호올이 오해하지 말라는 듯이 말했다.

"그럼, 주변에 있는 이면공간이 모두 소멸하면?"

"다시 통로가 연결될 때까지 고립된 이면공간이 되는 거지. 기반 세상도 없이 그렇게 뚝 떨어진 상태로 존재하게 되는."

"그건 무서운데?"

"작정하고 일을 벌이면 그렇게 한 이면공간에 어떤 존재라도 고립시켜버릴 수 있어. 아주 오래전에 그런 식으로 일을 벌인 경우가 있었어."

"그건 또 무슨 소리야?"

"아주 작은 이면공간이 있었어. 일종의 막다른 이면공간이고 기반세상도 없는 곳이었지."

"음? 그런데?"

"거기에 위험한 존재를 가두고, 그곳에 연결된 이면공간을 소멸시켜버렸지."

"그럼?"

"그 존재가 들어간 이면공간은 고립되어 뚝 잘려나간 거지."

"흐음. 그런……."

세현은 문득 소식이 없는 형이 그런 식으로 고립된 것은 아닐까 걱정이 들었다.

"그런데 쓸데없는 짓이었어. 어느 정도 시간이 지나니 다시 이면공간과 연결이 되더라고."

"뭐?"

"고립된 이면공간과 연결되는 통로가 생긴다고. 너도 알잖아. 이면공간과 연결되는 통로가 갑자기 생기거나 없어지는 거."

"없어지는 건 반대쪽의 구조물이 생겨서 막히는 경우잖아."

"그래. 그래도 어쨌건 통로가 재생성 되는 건 알잖아."

"그래."

"그런 식이야. 없던 것이 새로 생기는 거지. 물론 운이 좋으면 빠른 시간 안에 그렇게 되고, 운이 나쁘면……."

"오래 걸리기도 한다는 말이구나?"

세현은 형이 그런 상황에 처했을까 하는 생각을 다시 한 번 해봤다.

그리고 그 예상이 어쩌면 맞을지도 모른다고 생각했다.

언제나 세현의 상상 속에서 형의 죽음은 존재하지 않았다.

"그나저나 남쪽 필드는 어쩔 거야?"

호올이 세현을 보며 물었다.

"고민을 좀 해봐야겠는데?"

"그래? 그럼 나는 명상록이나 좀 더 봐야겠다. 이게 의외로 도움이 되더라고. 너희 지구는 꽤나 신기한 곳이야. 이런 식의 사고(思考)를 발전시키다니 말이야."

호올은 세현이 고민을 한다는 말에, 거기에 함께 참여할 생각은 없다는 듯이 단호하게 자신의 명상 수련을 위해서 모습을 감춰버렸다.

"헌터들의 사고 수당을 좀 더 높여야겠군. 이래선 함께 이면 공간 탐색과 사냥을 하겠다고 나서는 헌터들이 없을 수도 있겠어."

세현은 몰랐던 위험 요소가 새로 등장한 것이 영 달갑지 않은 표정으로 중얼거렸다.

이게 뭔? 잡지 말라니까!!

세현은 남쪽 곤충 필드에 대한 탐색을 한동안 중단했지만 그렇다고 언제까지나 웅크리고 있을 수만은 없었다.

이전보다 위험 요소가 늘어난 것은 사실이지만, 그렇다고 세현이 형을 찾으려는 생각을 포기할 정도는 아니었다.

세현은 만약의 상황에서 지구로 귀환하는 것이 어려워질 수도 있으며, 아주 오랫동안 이면공간을 헤매고 다녀야 할지도 모른다는 사실을 알리고 팀을 새로 꾸렸다.

그런데 헌터들의 반응은 의외였다.

어차피 죽음을 각오하고 계약을 한 거라며 상당수의 헌터가 보수와 사고 보상금이 큰 이면공간 탐험 팀에 자원을 했다.

덕분에 세현은 경쟁률이 제법 높은 선별 과정을 거쳐서 열 명의 이면공간 탐험 팀을 구성할 수 있었다.

세현과 호올을 더해서 총 열두 명으로 이루어진 팀이 꾸려진 것이다.

세현은 그들 모두에게 천공기를 장착시키고 싶었다.

하지만 천공기를 구하는 것도 쉽지 않고, 그 천공기에 천공기 주얼을 업그레이드시키는 것도 지난한 일이었다.

결국 그 일은 재한에게 일임을 하고 시기를 기다리는 수밖에 없는 상황이었다.

어쨌건 팀이 구성되고 세현은 곤충 필드라 이름을 붙인 남쪽 통로 건너의 이면공간에서 사냥을 이어갔다.

그러면서 세현이 신경을 써서 살펴본 것은 그 필드에서 다른 필드로 통하는 통로가 몇 개나 있는가 하는 것과 코어 룸이 어디에 있는가 하는 것이었다.

세밀하게 필드를 탐색한 결과, 곤충 필드에서는 미래 필드와 통하는 통로 이외에 두 개의 통로가 더 발견되었다.

그리고 미래 필드로 통하는 통로 외의 두 통로는 그리 멀지 않은 곳에 가까이 붙어 있었는데 반대쪽은 세현의 탐험 팀도 아직은 발을 들이지 않는 상태였다.

그렇게 통로를 찾았을 때, 세현은 자신이 곤충 필드를 샅샅이 뒤졌지만 결국 코어 룸을 찾지 못했다는 사실을 깨달았다.

"도대체 알 수가 없군. 그럼 코어 룸이 어디에 있다는 거지?"

세현은 코어가 없는 이면공간은 없다는 사실을 알고 있었다.

그것은 이면공간의 절대적인 법칙과 같았다.

이면공간에는 그 공간을 유지하고 관리하는 코어가 존재해야 한다.

그것이 없으면 이면공간은 존재할 수가 없다.

"가능성을 생각하면 하나가 남았다."

세현이 곤충 필드에서 또 한 바탕 사냥을 하고 지친 팀원들과 함께 바닥에 앉아서 고민을 하고 있을 때, 호올이 뭔가 생각이 났다는 듯이 말했다.

"음? 가능성? 그게 뭔데?"

"코어 룸, 혹은 코어 몬스터가 숨어 있는 경우다."

"뭐? 야, 그걸 누가 모르냐? 원래 코어 룸은 숨겨져 있잖아. 우린 지금 그걸 찾는 중이고."

세현이 뻔한 이야기를 하는 호올을 어이가 없다는 표정으로 바라봤다.

"그 말이 아니다. 이면공간 안에 숨겨진 또 다른 공간."

"음? 아!"

세현은 반짝하고 뇌리를 스치는 것이 있어서 감탄사를 터뜨렸다.

포레스타 종족의 숨겨진 마을과 보현산 필드의 일라일라가 만들었던 던전이 기억난 것이다.

그런 식으로 숨어 있다면 '팥쥐'의 탐지 능력으로도 못 찾을 가능성이 있었다.

[음음. 할 수 있어. 지금과 다른 방법. 방법 바꾸면 할 수 있

어!! 음! 음!]

하지만 세현의 생각과 달리 '팥쥐'는 자신이 숨겨진 마을이나 던전을 찾을 수 있다고 강하게 어필했다.

'그래? 정말 찾을 수 있겠어?'

[음! 있으면 찾을 수 있어. 난 훌륭해.]

'훌륭한 건 기억력 아니었어?'

[음. 이상한 거 찾는 것도 훌륭한 거야. 난 굉장하고 대단하고 훌륭해. 음음!]

'그래. 그럼 한번 찾아보자. 파이팅!'

[음음!!]

[……!!]

'그래, 콩쥐도 열심히 돕고.'

세현은 간신히 자신도 있다고 존재감을 드러내는 콩쥐에게 알은척을 해주었다.

[!!]

그게 좋아서 기쁜 기색을 보이는 콩쥐가 세현은 또 애처로웠다.

[음! 못써! 떼를 쓰면 안 되는 거야. 혼나!]

하지만 이번에도 '팥쥐'에게 금방 제압되고 마는 콩쥐다.

*   *   *

그 일은 정말 예기치 않게 일어난 사고였다.

사냥은 순조롭고 에테르 주얼은 쌓였다.

코어 몬스터는 보이지 않고, 새롭게 발견된 이면공간 통로도 없었다.

그 정도면 곤충 필드도 어느 정도 파악이 끝났다고 여겼다.

다만 다시 한 번, 처음부터 끝까지 훑어가는 것은 미처 발견하지 못한 숨겨진 공간이 있을까 하는 생각 때문이었다.

사실상 헌터들로 이루어진 탐험대는 어느 순간부터 곤충 필드에서의 사냥을 여흥처럼 느끼는 상황이 되어 있었다.

그런 중에 '팥쥐'가 드디어 뭔가를 발견했다.

[음음! 있어. 있어! 음! 있어!]

세현은 '팥쥐'의 의지가 전달되자 곧바로 미니맵을 확인했다.

그런데 미니맵에 표시된 위치에 세현 일행이 있었다.

"이상한데?"

세현은 주변을 둘러보았다.

곤충 필드의 평범하기 짝이 없는 지형이었다.

풍성하지 못한 초목들, 헐벗은 풍경에 가까운 흙과 바위, 낮은 언덕과 깊이 없는 계곡.

어디에도 이상한 것은 보이지 않았다.

'뭐냐? 여기 뭐가 있다고?'

세현이 '팥쥐'에게 물었다

[음! 있어. 다른 거. 뭔지 몰라. 달라. 위에!]

세현의 물음에 '팥쥐'가 대답했고, 세현의 고개가 자연스럽게 위로 향했다.

그러자 일행들 모두가 위를 쳐다보게 되었다.

"뭐, 보이냐?"

헌터 중에 하나가 동료의 옆구리를 찔렀다.

"내 눈이 삐꾸냐? 없는 걸 보게?"

"그럼 마스터는 뭘 보고 계신 거냐? 너 설마 마스터 눈이 삐꾸라고 하는 거냐?"

"이건 기회만 되면 마스터한테 날 험담하려 드네. 너, 그러다가 한번 크게 당한다?"

"에이, 농담이지. 그런데 정말 아무것도 안 보이는데? 뭐 느껴지는 건 없냐?"

"넌 있냐?"

"없지."

헌터들이 그렇게 농담 따 먹기를 하며 하늘로 고개를 쳐들고 있을 때, 세현의 곁으로 호올이 다가왔다.

"뭔가 있나?"

"위쪽에 특이한 에테르 반응이 있어."

세현은 그렇게 대답했다.

사실 세현도 미니맵이 아니면 아무것도 느끼지 못하는 상황이었다.

그저 '팥쥐'가 파악한 뭔가가 그곳에 있다고 여길 뿐이었다.

"그럼 일단 조금 떨어진 곳에 숙영지를 세우고 관찰을 해보자."

호올이 긴 시간을 두고 지켜보자는 제안을 하자, 세현은 그 제안을 받아들였다.

그리고 열두 명의 탐험대는 세현이 말하는 허공의 그 무엇으로부터 조금 떨어진 공터에 숙영지를 세웠다.

"그러니까 저기 뭐가 있긴 하다는 거지? 어디 한번 공격을 해보면 안 되나?"

"에이, 그건 좀 성급하지. 일단 뭔가 수를 찾아보고 그게 안 되면 너도 생각할 수 있는 단순한 방법을 쓰겠지."

"어째 듣기에 좀 뭐한 소리를 한 거 같은데?"

"설마 잘못 들었겠지."

"야, 니들은 좀 그만 다퉈. 니들 마누라 없다고 서로 잔소리해가면서 대리 만족하냐?"

"그건 또 뭔 개소리?"

"지금 뭐라고? 저놈과 날 어디에 찍어 붙여?"

"어어, 그래도 우리라곤 안 하는 거 보니까 아직 정분이 덜 난 모양이네? 키키킥."

"이것들이 정말?"

"야야, 잠깐, 저거 좀 봐라."

할 일 없이 시간을 보내며 세현이 가르쳐준 허공을 감시하던 헌터들이 영양가 없는 농담을 하던 중, 헌터 하나가 이상 현상을 발견했는지 허공을 손가락질을 했다.

그리고 그곳에는 조금 전까지 보이지 않던 거대한 그림자가 나타나기 시작했다.

"뭐? 뭐냐? 뭐가 저렇게 커?"

그것은 대검을 앞에 세우고 서 있는 거대한 개미탑 모양이었다.

"씨, 씨발, 설마 저게 몬스터야?"

"포스 작살이다. 저거, 지금 소환되고 있는 거지?"

"그, 그런 거 같은데? 어쩌지?"

"썅, 우리가 무슨 만화영화 주인공이냐? 적이 나올 때까지 기다렸다가 준비가 되면 공격하게? 그냥 먼저 쳐야지!"

"맞아, 저게 다 나오기 전에 일단 조금이라도 충격을 주자. 소환 되는 중에 공격을 받으면 훨씬 더 충격을 크게 받을지도 모르고. 가자!"

"야, 그래도 마스터랑 호올이랑 지금 천막 안에서 잠시 쉬고 있는데 불러서… 아, 나오신다."

딱 그 순간이었다.

세현과 호올이 무슨 일인가 싶어서 밖으로 나온 순간, 허공에서부터 시작된 개미탑의 형상이 드디어 땅까지 맞닿을 정도로 모습을 드러냈다.

그럼에도 아직은 반대편이 어느 정도 보이는 반투명한 상태여서 온전한 상태는 아니란 것을 알 수 있었다.

그런 상황에서 헌터들이 일제히 달려들었다.

"부서버려!"

"깨버려!

"우라차차챗!"

열 명의 헌터 중에서 다섯이 한꺼번에 무기를 앞세우고 그것을 향해 달려들었다.

"머, 멈춰!"

세현이 그 모습에 깜짝 놀라서 소리를 질렀다.

그게 뭐가 되었건 코어와 연관이 있을 거라고 생각했다.

그런데 그걸 건드러서 자칫 싸움이 벌어지면 상당히 곤란한 문제가 생길 확률이 높았다.

하지만 세현의 만류는 한 발 늦고 말았다.

파차차창!

마치 얇은 유리 기둥이 깨지는 것처럼 개미탑은 박살이 났다.

퉁, 퉁퉁, 텍. 데구르르르르르르.

"어? 저거 뭐냐?"

"씨발, 보면 모르냐? 코어잖아."

"그, 그러니까 코어가 왜 저기서 굴러다니느냔 거지. 씨발아!"

"우리가 지금 뭔가 크게 잘못한 거 같지 않냐?"

헌터들도 단 한 번의 공격에 개미탑이 박살이 나고 코어가 굴러 나올 거라곤 생각하지 못했던지 어안이 벙벙한 표정이었다.

"모두 짐 챙겨서 모여!"

그때, 호올이 크게 고함을 질렀다.

"흩어져 있다간 서로 다른 곳으로 이동이 될 수도 있다. 서로 모여서 몸이 이어 묶거나 잡아!"

다시 한 번 호올이 소리를 질렀고, 세현은 땅바닥을 구르는 노란색 등급의 코어를 집어 들었다.

"하아, 이게 도대체……."

쿠르르르르르. 콰르르르르르룽!

"벌써 시작이야! 뭐가 이렇게 빨라?"

호올이 이면공간 전체가 흔들리는 소리에 깜짝 놀라서 소리를 질렀다.

보통 코어 몬스터가 죽고 나면 그 공간이 소멸하는데 어느 정도 시간이 있게 마련이다.

그런데 지금은 곧바로 반응이 오고 있었다.

"이상해, 이상해!"

호올은 예기치 못한 상황에 당황했는지 같은 소리를 반복했다.

직접적으로 몸을 사용한 전투에서는 강한 모습을 보이지만, 정신적인 혼란에 약한 것이 호올이었다.

"정신 차려! 지금 깨부순 것이 코어 룸의 기둥이었을 가능성이 높아. 직접 코어 룸의 중심을 박살냈으니까 반응이 빠른 거겠지!"

세현이 고함을 질러서 호올의 혼란을 수습하려 애썼다.

그리고 다행스럽게도 호올은 세현의 분석이 타당하다고 여겼던지 혼란을 추스르고 눈에 초점이 돌아왔다.

"야이, 씨벌! 아무거나 건들지 말랬지? 응? 니들 아주 죽을 줄 알아!"

동료들에게 경계와 관찰을 맡기고 쉬다가 날벼락을 맞은 다른 헌터들 중에 가장 나이가 많은 현필이 이를 갈면서 소리를 질렀다.

그 와중에도 동료들의 배낭을 챙겨 나와서 하나씩 돌리는 것을 보면 선임으로 충분한 자격이 있어 보였다.

쿠르르르르 콰과과과과과!

"세, 세상의 멸망이 여기에… 있어……."

이면공간이 외곽부터 소멸해 오는 것을 지켜보던 헌터들 중에 가장 나이가 어린 헌터가 신음을 흘리며 말했다.

그의 말처럼 곤충 필드는 세상의 멸망을 적나라하게 보여주고 있었다.

열두 명의 탐험대는 불확실한 미래를 생각하며 제발 좋은 결과가 나오기를 빌었다.

그러면서도 서로가 서로의 팔과 손, 다리까지 얽어서 떨어지지 않도록 똘똘 뭉친 상태로 이면공간 소멸의 순간을 기다렸다.

"제, 제발 그냥 미래 필드로 가자. 삼분의 일 확률이잖아."

"지랄, 낮은 확률로 아무 연고도 없는 이면공간으로 떨어지는 경우도 있다고 했거든?"

"그래서 뭐?"

"아니, 나도 미래 필드로 떨어졌으면 좋겠다는 소리지, 새끼야!"

"오, 온다!"

마치 불꽃 없이 세상이 타오르는 것 같았다.

다만 그렇게 타오른 세상은 재도 남지 않았다.

화르륵.

마지막 남았던 공간까지 타오르고 아무것도 남지 않아서 공간까지 쪼그라들어서 사라지는 순간 세현 일행은 어딘가로 옮겨졌다.

"으아아아아아!"

"씨버얼!!!"

"후아, 후아, 후아! 숨 쉬어! 숨 쉬어져! 숨 쉴 수 있어! 사, 살아 있어!!"

"하아, 저 새끼 오버하기는! 정신 차려 새끼야! 주변 경계!!"

"주, 주변 경계!"

"으아아악!"

"사, 살았다!"

갖가지 반응과 함께 세현 일행 열두 명은 모두 안전하게 새로운 이면공간으로 이동되었다.

그리고 아쉽게도 그들이 도착한 곳은 미래 필드가 아니었다.

『천공기』 4권에 계속…

초대형 24시 만화방

신간 100%, 샤워실, 흡연실, 수면실(침대석), 커플석, 세탁기 완비

▪ 일산 정발산역점 ▪

라페스타 E동 건너편 먹자골목 내 객잔건물 5층
031) 914-1957

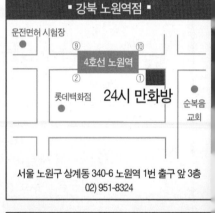

▪ 강북 노원역점 ▪

서울 노원구 상계동 340-6 노원역 1번 출구 앞 3층
02) 951-8324

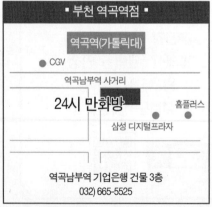

▪ 부천 역곡역점 ▪

역곡남부역 기업은행 건물 3층
032) 665-5525

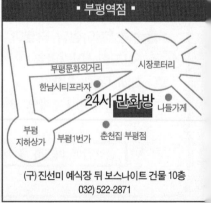

▪ 부평역점 ▪

(구) 진선미 예식장 뒤 보스나이트 건물 10층
032) 522-2871

내일을 향해 쏴라

김형석 장편 소설

FUSION FANTASTIC STORY

1만 시간의 법칙!
'성공은 1만 시간의 노력이 만든다' 는 뜻이다.

그러나…
사회복지학과 복학생 수.
전공 실습으로 나간 호스피스 병동에서
미지와 조우하다.

1만 시간의 법칙?
아니, 1분의 법칙!

전무후무한 능력이 수에게 강림하다!
맨주먹 하나로 시작한 수의
인생역전이 시작된다!

Book Publishing CHUNGEORAM

유행이 아닌 자유추구-
WWW.chungeoram.com

멱운 장편 소설

FUSION FANTASTIC STORY

진공

삼국지

2세기 말 중국 대륙.
역사상 가장 치열했던 쟁패(爭覇)의
시기가 열린다!

중국 고대문학을 공부하던 전도형,
술 마시고 일어나니 도겸의 둘째 아들이 되었다?

조조는 아비의 원수를 갚으러 쳐들어오고
유비는 서주를 빼앗으려 기회만 노리는데…….

"역시 옛사람들은 순수하다니까.
　유비가 어설픈 연기로도 성공한 데는 다 이유가 있지, 암."

**때로는 군자처럼, 때로는 효웅처럼!
도형이 보여주는 난세를 살아가는 법!**

Book Publishing CHUNGEORAM

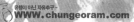
유행이 아닌 자유추구 -
WWW. chungeoram.com

이경영 판타지 장편소설

FANTASY FRONTIER SPIRIT

그라니트

용들의 땅

G R A N I T E

사고로 위장된 사건에 의해 동료를 모두 잃고 서로를 만나게 된 '치프' 와 '데스디아'.
사건의 이면에 상식을 벗어난 음모가 있음을 알게 된 둘은
동료들의 죽음을 가슴에 새긴 채 각자의 고향으로 돌아간다.
2년 후, 뜻하지 않게 다시 만난 두 사람은 동료들의 복수를 위해
개척용역회사 '그라니트 용역' 을 설립해 다시금 그 땅을 찾게 되는데……

용들이 지배하는 땅 그라니트!
그곳에서 펼쳐지는 고대로부터 이어지는 운명적 만남,
깊어지는 오해, 그리고 채워지는 상처.

『가즈 나이트』시리즈 이경영 작가의 미래형 판타지 신작!

Book Publishing CHUNGEORAM

니콜로 장편 소설

FUSION FANTASTIC STORY

마왕의 게임

『경영의 대가』, 『아레나, 이계사냥기』
니콜로 작가의 신작!

『마왕의 게임』

마계 군주들의 치열한 서열전
궁지에 몰린 악마군주 그레모리는 불패의 명장을 소환하지만…….

"거짓을 간파하는 재주를 지녔다고?"
"그렇다, 건방진 인간."
"그럼 이것도 거짓인지 간파해 보아라."

"─나는 이 같은 싸움에서 일만 번 넘게 이겨보았다."

e스포츠의 전설 이신, 악마들의 게임에 끼어들다!

Book Publishing CHUNGEORAM

유행이 아닌 자유추구 ─
WWW.chungeoram.com